老闆的人馬

賴維仁——著

「老闆的人馬」及其他

賴維荔

舍弟賴維仁要出新書，他把全文電郵給我；並說，他年歲日增，今後可能再沒足夠精力「玩這玩意」了；希望我看完後，能寫幾句話。話說得這般鄭重其事，我這作姐姐的焉能推辭？

取名「老闆的人馬」，我想，他的靈感或來自美國名家華倫的《國王的人馬》（Robert Penn Warren "All The King's Men"）。不過，華倫這本名著寫的是美國政壇風雲，《老闆的人馬》雖然從商界入筆，他卻絕無意寫商場傾軋糾葛的故事。他只想藉助這幾個人的來往互動，建立一個便於他檢驗人性的平台。對這本書，我是這樣認定的。

根據長久以來讀我弟作品的經驗，我發現他之醉心於寫作的重要原因之一，是他能透過文字去精準掌握「感覺」這東西。他告訴我他長年維持著一個習慣：口袋裡裝一支筆、一本小簿子；如果腦裡、心中瞬間閃過甚麼奇特的思想、古怪的情緒，他會立刻掏出紙筆，匆匆記下來。這樣做的好處是，他得以避免日後追述時，其新鮮點與特異處被陳言爛語腐化。他就秉持著這經年累月養成的習慣，寫下他的作品。他說，能把飛颺飄忽的抽象東西成功具體化為文字，而且最後能把一本書「意義化」，這就是他最大的滿足。所以他一直說，他寫作是在「自娛」，實在沒有甚麼了不得的微言大義，他常為此自嘲。在這本書的「自序」中，他更直接把這自嘲說白了。

現在，且來簡單回顧一下他退休後這幾年寫的四本書。

《無敵天下》上卷。這是由同名的一則短篇小說改寫而成。短篇寫於他還在為「稻粱謀」的日子；發表在早期瘂弦主持編務的「聯合文學」。當時瘂弦號稱要開創武俠小說新時代，發文徵求武俠短篇。「無」好像是那時唯一被發表的一篇（希望沒有記錯）。但，我弟卻意不在刀光劍影，他把它寫成了一個悲劇。既是「悲劇」，短篇的雛型當然是無法滿足他的要求的。這要等到他退休後，他才能以長篇形式完成他的心願。

書成之後，他來信跟我說，他只「幫助」主角進入了某一個「階段」，這是不夠的；他如果要真正「無敵」，他的精神層面還得提昇到更高的境界。於是他開始了下卷的寫作。好不容易書寫完了，也好不容易出版了，他給我來信說：我寫了一套不入「流」的小說，但我寫得很快樂。武俠嘛，學院派是看不上眼的——我想這是他的言外之意。但終究還是有書評。一天，我弟給我一封電郵，附了一篇長文，解釋這篇長文的作者自云曾把該文投寄報刊，未獲採用，所以乾脆直接電郵給我弟。從這篇文章的標題：「從道德緊張的濃密處出發」，就可看出他用心之細。他認為這部書——特別是上卷——是架構在一種「道德緊張」之上。他逐段分析：這裡是某某某的道德緊張；那裡又是某某某的道德緊張。有趣的是，他把楊嘯天拿來跟杜斯托夫斯基的《卡拉馬佐夫兄弟們》（Dostoesky: The Brothers Karamazov）中的「米提亞」（Mitya）並論；對比他們之間，宗教意涵強烈的內心掙扎。這一點一定深得我弟的心，因為他最心儀的作家就是杜翁。說到「道德緊張」，此詞頗不陌生。我記得我在唸書時，讀到某外國文學評家（忘了名字了）一篇文章，大意是，「道德緊張」是付予一部小說特別意義的重要因素。他舉了幾個長於處理此道的小說名家的名字，杜翁是其中之一；另外例如康拉德（Joseph Conrad）、喬治・愛略特（George Eliot）……等等。看來此君也讀了這篇名文，或至少相關的文章。

維仁最恨穿古代衣著，操摩登言語的連續劇，所以寫作這部書，為配合時代，他格外注意遣辭用句。這也招來不同的網評。有人說這書「江湖氣」很重；有人則極慷慨地將某些段落比之於《紅樓夢》，對此，我弟直接在電郵中說，他真是「受寵若驚」了——也難怪他吃驚，紅樓夢耶，哇！接下來的《幕落》，文字的運用就回歸到他原本的風貌，但追求「正確」的精神只有更嚴格。他說為了準確「抓」住飛逝的思緒情感，他會把自己逼入極冷酷的絕境。這裡，我必須說我弟的文章——

英文所謂的prose——寫得不是頂好；他受歐化文字的影響是顯而易見的，因此當他說他陷入「絕境」而趨於冷酷時，我知道他是在做某種抉擇，我也知道，他是會寧捨華麗而取真實的，詰屈聱牙也在所不惜。以上這些，說的好像都是有關他的文字，其實我的意思是，他正是努力著試圖透過文字的正確性，去擷取生命中某些重要過場的精髓。這是他的快樂所在；他的「自娛」。至於他寫作的「主題」偉不偉大，我覺得他好像自始就不怎麼在乎。如果問他曾在哪部書上想過這問題，《無敵天下》算勉強沾得上一點邊吧。我相信維仁會同意我的話的。

《幕落》之後，他就沒跟我提過其他寫作計畫。我煩憂於我自己的瑣事，一時也分不過神來關心他；來往電郵不過互報平安而已。前些日子，他信中忽然說他正在重讀伊迪絲．華頓的《伊丹．傅羅姆》（Edith Wharton: Ethan Frome），他說他早年讀的是中譯本，現在他要以原文來印證當年此書給他的「重磅印象」。我回憶了一下，這書的首譯應該是出自王鎮國之手，在我的老師夏濟安主編的《文學雜誌》連載；而我弟寫作生涯的第一個短篇小說就發表在《文學雜誌》上；顯然那時他讀的就是王譯。過不多久，他又來信，說他在書櫃找到一本毛姆（W. Somerset Maugham）的《人性枷鎖》（Of Human Bondage），上面還有我的鉛筆眉批。（這書是我唸大學時的指定課外讀物，所以會留有眉批之類的東西）他同時告訴我說，他其實更喜歡毛姆的另一本小書「The Moon And Sixpence」，他甚至把它當作旅途中的枕邊書。我揣測或許正因為這兩本書，他才重新執筆。要知道，一個曾經有過寫作習慣的人，極可能因為重讀往日愛書，受到激發而再燃創作之火的。因此《老闆的人馬》的敘述方式，與華頓、毛姆的兩本書頗多雷同，也就沒有甚麼可怪的了。

最後讓我們來看看「附錄」中兩則短篇中的一篇〈偷窺〉。在這之前，我想先回顧一下我唸大學前後，台灣文學界的時尚和風氣。那時除了現代詩、鄉土文學的論戰外，一群有心而有學養的人士，開始在他們自主性的刊物上，努力做與西洋文學同步的工作。於是大家喜談「存在主義」、「意識流」、卡繆、沙特（Jean-Paul Sartre，可不是石油國的沙特）、卡夫卡、喬哀思（James Joyce）等等。而五、六十年代在法國興起的「新小說」也被帶進了台灣文壇。主領新小說風騷的是Alain Robbe-Grillet，我弟來信要我替他買此人當紅的兩本小說（The Voyeur; Jealousy，註：那個年代台灣不易買到原文或英文版書，連我們的教科書有的都是翻版的。坊間充斥劣質的翻版暢銷書、唱片，「海盜王國」的封號便是來自那時。我弟告訴我，他費盡力氣從台北買到一本Modern Library版，Garnett英譯，托爾斯泰的《安娜．卡列尼娜》，Anna Karenina，開立發票的，居然是一家照相器材行，可見彼時西書市況之窘），足見他對文學新潮流興趣的濃厚。〈偷窺〉勾起我這段回憶，不是沒有原因。首先，它跟Robbe-Grillet的The Voyeur就是同名；同樣，全篇從頭到尾你只跟著一對眼睛——一開頭這眼睛也是「色迷迷」的——在看。最後你得根據你的感覺，作你自己的判斷。

話說到這裡，我不禁倒要問一句了：老弟，你這是在懷念那個舊時代呢，還是要證明我們都老了呢？

Apr. 25, 2020 寫於 美國加州 Laguna Woods

自序

天文學家捕捉住宇宙中一道微光，說這是一千四百年前，發自一顆「類地球」的光；既是「類地球」，於是：上面有外星人嗎？有高度文明嗎？……自然是理所當然的一串問題了。

光，一種我們先時以為一閃即滅的東西，如今至少知道它並沒有死亡，只是逃逸。它以無羈之姿，縱身躍向冥冥，只為千秋萬世之後，向人證明它原身的存在。這種玄妙，這種無極，我們這些生而為下智的人只要想想就會瘋掉，不用說去深究了。

不曉得是否終究會有那麼一天，天文學家和科學家就那纖纖一柱微光也能作澈底解析，把聚其為一柱光的億兆內容都剖析在檔；是則，只要我們的鏡頭對著哪顆星星，就明白那上面是不是有文明、那上頭究竟都在發生些什麼，用不著瞎子摸象胡猜疑。

不過這或許又是後知後覺的話了。我們不是看見了Kepler 452b，甚至有更近的Ross128b嗎？憑什麼人家就看不見我們？說不定我們的五代六朝十國，或更往前、更往前，早被人看了個一絲不漏——把他們匪夷所思的先進機器對準我們這區區微光，鍵入一個符號或什麼的，他們就古往今來，把這細砂粒上啥都看見了，一如現今這砂粒上的低頭族，隨時隨地，興之所至地看他掌心那個小方盒裡的悲歡離合那樣。

說不定，當我們藏在幽微晦暗的一隅，偷窺「黎園」袞袞諸公的行徑，自以為是地試著去揣度、解密他們的裡裡外外時，超高文明的外星人早就掐指輕彈，把你那個什麼費爾泰也好；鮑副總也好；惠儀也好……瞧了一個裡外通透。而你這小砂粒上聊備一格的低等微生物，卻還滿當回事地強作解人，猶自笨笨地寫著他們。你啊，你寫什麼寫啊！

念頭轉得這樣走火入魔了，怎不叫人毛骨悚然，不寒而慄呢？

目次

附錄、短篇小說兩則

老闆的人馬

一、一份手稿

房門怎麼沒有鎖，莫名其妙地虛虛掩著。陰森森的恐懼驟然冰冷地爬上了四肢。汗毛全部豎立起來。

窗帘從兩邊向中間歪斜著，上端是密合了，下擺則尷尬地、癡呆地張開來，彷彿窗帘原來是那般重要，卻倏忽之間就被遺忘在那裡；連同拉窗簾那閃電的動作也被遺忘——遺忘在窗帘上。無辜的窗帘整片整片表現出一種迷惑不解——對凍結在自己身上的匆忙急促不解——但僅止於不解，因為它是宿命地永遠不能往前跨出一步，向前面那個謎走進去了。

這瞬間的魔象，從最原始那一刻，便爆炸成一個惡兆。毀滅一切的惡兆，誰也不能脫身。

一聲發自地心的深喘，先是試探地冒出一枚芽芽，觸碰到空氣中的局限性，辨識了它的柔軟無害，迅即鹵莽大膽起來，放肆地向外擠出它的全身；像是大卡車那種怪物在引擎發動之後，由排煙管粗暴地鼓出一團濃黑的煙霧，撲向後面、撲向你，一點也不忌諱地直接道出了它自己的方位：在那裡，就在那邊那個房間。

一張床；一張小書桌，桌前的小圓椅椅背上還掛著的應該是……確定是早上上學前隨手一丟的換洗衣服，呵唷，有內衣，有襪子……這些這些，忽然間變得絕對絕對重要；絕對絕對需要馬上藏起來的——都因為這濃煙一般的重喘從這個房間赤裸裸地冒出來。都是因為這緣故，那原本沒有窗戶的昏暗小臥房，莫名其妙的明亮，赤裸裸、毫無遮掩的那種明亮；亮得這麼輝煌，不，不，不，亮得這麼淒厲、這麼絕情、這麼陌生。

突然，有不同的聲音從裡面傳出來，濃煙以外的聲音，製造了一個穿透不進的生冷世界，令人哀痛欲絕；把你裂成片片；跟裡面的輝煌絕情，噩夢似地重疊成一幅完整的、躲都躲不開的逼人圖畫。

終於逼著自己去分辨那些聲音了：先是一溜尖尖細細的嗓音，如一條紅色修長的綵帶，抑揚翻飛；然後是一道粗宏的瀑布，鹵莽地攪和了進來，力纏緊繞，密不透風。那匹瀑布似乎被紅綵帶勒懸著，就要向上、向上，就要拔地而起；其實，那又不是向上，而是要澈底向外掙脫出來。

砰然一聲，它——它們——掙脫出來，但卻不只是一條綵帶、一匹瀑布的簡明樸素的出場，而是龐然複雜，一個大凶暴、大橫逆，有如兇猛惡獸的喧騰滾現。

驚怔住了，那條紅綵帶；驚怔住了，那匹瀑布；全部具體地顯現出來，定在那裡，清楚明白。然而那種組合卻是來自於獸類世界。那怔住的紅綵帶，頭部以上是熟悉的，太熟悉了；頭部以下卻是令人戰慄的陌生；人面獸身。而那匹瀑布從上到下稀奇古怪，像一個大謊言一般，雖然所有人都看見它被拆穿了，它卻猶自哇哇張著大嘴，不停地在重複那謊言，——這樣一種荒誕可笑；這樣一種可怖。

像拔光了毛卻仍然活生生的雞；又像是剛從水池竄上來的狗子，濕漉漉的毛緊貼一身，狼狽慘烈。吵吵嚷嚷的聲響瞬間逃躲一空。

兩雙眼睛，——一前一後——一齊瞪向這邊，彷彿從倒懸的半空向一個無底洞無休無止地探尋，哀懇地、絕望地、逐漸變成空洞地。

一聲尖叫，前面那一雙空洞的眼頓然被什麼塞得滿滿的，擠出兩堆死白的眼屎那類東西，——是另外一種空洞。隨著這一聲尖叫，那張熟悉臉上的熟悉條紋剎那間便蒸發掉了，一絲痕迹都不見，宛如一張面具被揭開，或竟是整張面皮被掀掉，剩下一片血肉模糊。後面那一雙眼原先也是無解的空洞，其後則變得太容易解釋：本來那匹瀑布巨立著，如一個大謊言，這大謊言驀地縮小、縮入到那一對眼裡去，把空洞推擠到一邊，卻從裡面加倍努力地說謊，笨笨地、慇懃地繼續往下不停說不停說。

這一聲尖叫粉碎了一切，只留下驚跳的意識。這意識立即攀住一個念頭：「逃避」，彷彿攀住洪流中不沉的浮木。

這個念頭：「逃避」，帶來瞬間的安慰；瞬間毫無理由的強烈的舒適，於是這個荒謬集會中每一個個體都被這念頭吸吮了過去。

活生生的無毛雞奔向那安慰、那舒適念頭的決心是無可阻擋的，它們轉過身去，一根毛都沒有，就這樣扭曲攞動著，向另一扇房門畸形地狂扭著過去——即使扭得這般滑稽、這般不可信；即使它們自己也明白這是不可挽回的悲哀荒唐，它們還是阻擋不了自己，向裡面一直奔扭而去。

進去了，砰然一聲，房門關上了，滿屋子的瘋狂頓時消失不見，永遠、永遠不會再現了。屋子裡又是昏黃陰森。這詭異的空屋子沒有一個退路；沒有一扇門開著可以讓人退出去，退回到舊日那個框架。於是，猜疑和游離就這樣無盡無休地開始蔓延了起來。

這是一篇手稿。詭異可怖的是，我們都看到了這篇綴折累累的手稿。是一份影印稿，顯然是在無情傳閱下，留下了這永遠的殘破。後來我們知道有人在鮑副總離開「黎園」後，清理他的桌子，從抽屜緊裡面尋出一堆揉成紙團的廢紙，發現了這份手稿——極可能是安妮的親筆——既然是來自鮑副總，安妮的爸爸，我們也就釋然了，並據以把這段故事，以及手稿中語焉不詳的部分，相互穿輟，勉強組合成這麼一個結論：應該就是那年尾牙那天的事吧，惠儀和安妮情緒激動到那種程度，兩人都把手稿給忘了。安妮忘了向惠儀取回；惠儀忘了還給安妮。待事後沉澱下來，安妮已經回家，惠儀只得把稿子交給鮑副總。鮑副總看到那篇手稿之後的震懾是可想而知的。驚嚇之餘的衝動之一是把它影印下來。他手忙腳亂，印壞了又重新再印。他把印壞了的那一份揉成一團，塞進抽屜，然後這就變成他淹滅罪證的潛意識，刻意地把它忘了。——我們檢拾到的這一份影印稿有許多處字跡模糊重疊，理應作如是解。

關於這幾個人的種種，不光是鮑副總、惠儀、安妮，還有其他那許多人，——「黎園」的所有人馬——；以及「黎園」的點點滴滴；我們風聞到的一些傳言、揣測等等，這一切則有待從頭說起了。

二、「尷尬人難免尷尬事」

「黎園」租在一棟方正老舊的大樓二樓，隔著一條寬迴廊，面對著樓梯口的一個大間裡。青色磨石子地的迴廊，原本就是暗暗的，加上挑高極高的天花板上，有氣無力的日光燈，即使大白天亮著燈，迴廊也還是暗悠悠的。你不會忘記那裏隱伏著的一股陰涼；還有，還有就是那不自在：你蓋著別人的舊被窩，那黏黏膩膩的不自在。

以那時「黎園」的規模，這間辦公室委實大了一號；初期，桌子大半是空著的。莊董，我們老闆，很費了一翻功夫才把它租到手。先是跟人合租；後來，公司的氣勢旺了起來，雖然老闆刻意謹慎、份外謙讓，我們卻斷然認定，就是因為這善意暗藏了惡意，才把合租人生生給逼走了的。記得那合租人是位乾瘦的老先生，平時多半在北部，偶而來到南部，一定是為了債務，脾氣大得不得了。他在辦公室的時間不多，不過如果他碰巧中午在，那個中午便是我們受難的時刻。他會隨意拉住一個躲不開的人，粘上去，霍霍地講個不停，講透一個中午。他是過過好日子的，輝煌的往事說也說不完。我們受難的感覺其實來自他濃得舌頭打結的澎湖腔。我們聽不懂卻還得面帶笑容，點頭頷首，——為了謙虛容忍；為了「勝而不驕」；為了大家都隱隱意識到的我們這一邊那股旺起來的高昂氣勢。而老先生越是口沫橫飛、我們越是謙恭卑下，他便越發自覺他的公司來日無多，脾氣更嘔，卻又在滑溜溜的我們身上找不著發作點，終於一肚子悶氣搬走了。於是房子更寬敞了，而少了老先生不期而來的芒刺，我們老闆真是如魚得水，舒暢快活極了。

騰出來的空間，並沒有因為單純化而緊密，反倒是怎麼都填不滿似的，更鬆散、更陳舊，像一隻穿舊了的超大舊鞋。桌椅櫥櫃當然免不了要添置，然而即使在公司最盛時期——算算，應該就是鮑副總到公司來上班那一段日子了——，也不曾坐滿人。人來人去，臨到惠儀走了，費經理退休那一年，人員增添其實也無多，但是，彷彿房子在無端地發著陰陰長嘆，變得越發老舊；辦公室裡的一天變得更長、更疲軟、更陰暗。

陰暗，是的。四五十坪的長方形房子，一端是一排窗子，光線從這邊向裡供應，卻搆不著長方形的另一端。這另一端有一扇門——辦公室的出入口——通向白天也開著燈的黯黯迴廊。

因此，往往早上第一個開辦公室大門進來的人，他的頭一樁事便是一探右手，按鈕把高懸天花板上的日光燈開亮了。屋裡的燈光自此便從高高的上面，無力地向下飄落，漸漸被人遺忘；要到中午休息時分，才會有人啪地一聲斷了這虛弱的光源，讓人警覺到它的存在；警覺到它在怎麼力拒周遭環伺著的陰暗陳舊。

這清晨的第一人除了費經理，費爾泰，不會是別人。每天不到七點，他就來到迴廊的門前，開門、開燈、開電腦。報紙也在這時送了來。於是費經理攤開報紙，在黑沙發上歪躺了下來，舒展四肢，瀏覽著報頭報尾，慢慢沉入半睡半醒的狀態。

這張黑皮沙發緊緊靠放著大門迴廊的隔牆，全辦公室最陰暗的角落。一張單人沙發跟長沙發的直角相挨，把那個角落勾成一個黑暗的會客室。長沙發前是一個大玻璃茶儿；越過這茶儿是配對的雙人沙發。

費爾泰除了早上獨佔辦公室時會放縱地在沙發上假寐，一般他是不在沙發上閒坐的。但是那天下午，我們聽見鮑副總就是在這黑長沙發上，就著黯黯幽光，向費經理說起他的故事。

不過，費經理和鮑副總之間是存在著一種緊張關係的；兩人在會客室密談時，這緊張更會以新的方式出現。他發覺，當他跟鮑副總相對而坐的時候，自己就不由自主地拉開了自己，從遠方好奇地、苛刻地、抗拒地審視著鮑副總；而在聽鮑副總敘述他的故事時，這些感覺便綜合起來成為一層包裹他全身的堅硬外殼，讓他進不到鮑副總的熾熱語言裡去。然而，在離開鮑副總這個「人」之後，隔離了這個人的「特質」，費爾泰卻那麼慷慨地全盤接收了鮑副總的故事，以無私的諒解，嚐味著他故事中熱辣辣的悲涼。這似乎有些荒唐而卑劣；但這些感覺總是這樣在費爾泰心中重複著。

緊靠雙人沙發，是一排齊胸高的文書櫃，既作為會客室與辦公室的隔間，又是檔案的收納處。這擺設維持了好久——即使在老先生一肚子悶氣搬走了之後，格局也還是不變——，忽然之間，老闆有了重新裝修的念頭。可是，不知怎麼，我們並不把裝潢當做喜事，也不十分快活，只要談起這件事，我們就自動噤口，不願深談。

裝潢的決定來得突然，卻顯然經過深思熟慮，極其堅決的，使得這件事蒙上一點神祕，我們莫名其妙地憂心起來。

從一開頭，我們就冷眼觀看到鮑副總的介入。我們一點不意外，因為早先我們就聽說他在公司入了一大股，他自然有他的發言權；倒是他介入的方式有些古怪：好似從頭到尾，他都側著身子，既不真正躲開，又不真正面對；既透露著重視十分的態度，又出之以輕描淡寫的輕鬆。

不過，真正擾人的，還是他的說話。也聽不清他說的是什麼，吱吱喳喳，一個字擠一個字，一句話趕一句話，擁塞推擠著，從他嘴裡滾落下來。什麼都是好的——好的自然是好的；壞的也有理由把它掰成好的：一種不著邊際，模糊一片的樂觀。

或許就是這些「特質」，把費經理推進了奇特的境地：跟鮑副總面面相對時，他心中充滿了強橫的排斥；一旦擺脫了鮑副總強加給他的種種，他就會被一種淒涼的同情淹沒；——然後，隔天再度碰面，強硬便又回到費爾泰的心裡。

辦公室裝修不是大工程。用美耐板作為隔間，就在會客室那陰暗角落隔出了一個小房間，作為我們老闆，莊董的專用辦公間。那個陰暗的角落從此變成了一個記憶。

而在費爾泰記憶中的鮑副總，那天下午突然整個失了控，他尖銳沸揚的聲音溢出了那個陰暗角落，向外傳播出去，不用說，他的話傳到了許多人耳中；費爾泰衝動地跟著也大嗓門起來，發出滑稽有趣的笑聲，好像他聽到的只是一個笑話，不是別的什麼。

費爾泰掩飾的大嗓門應該是出於一種保護鮑副總的俠義精神吧；是他生怕鮑副總為了表明他的清白無辜，會失控地赤裸裸把一切說給所有人聽吧——這是後來大家都同意的推論。

在明亮的新會客室，鮑副總就再也沒有提起他的故事了。

會客室移位之後，新增了一具活動泡茶桌，可以泡茶，可以煮咖啡。這兩樁事都是費爾泰的快樂，不過要稍晚一些他才會去做。自從那件事——那樁尷尬事——之後，他會先在電腦桌週遭，看了又看，找了又找，看看是否能跟那次一樣，尋找到另一張小字條。不過，那次是唯一的一次，從此就再也沒有類似的驚奇出現了。小小的震驚，洩露了小小的人性。原來，這小小的祕密、小小的邪惡，竟然就一直在他身邊生動地、蠕蠕鑽動如蛆蟲般地發生著。

九點左右，是小魏出現的時候。照例，他一路講著手機進來。老遠，這盡忠職守，朗朗無愧天地的話聲就傳進費爾泰耳裡；而自那次小字條事件之後，費爾泰的注意力便不由自主尖銳起來，細細分辨著小魏的話聲之外，其他聲音。

不過，還真用不著他費神傾聽；那伴隨著小魏的聲音同時進來的另一個聲音顯然沒有掩飾的打算，炫耀張狂，費爾泰閉上眼都能想像她的模樣，一如陽光之下，赤裸的萬物。

只要不趕出貨，小魏跟嚴芸多半會這樣一起走進公司：小魏在前，右手執著手機貼耳講著話，呼啦一聲拉開紗門，邁步進來；嚴芸緊緊粘貼在後面，生怕自己跟丟；臉上總露著那亡命徒似的狠而冷的表情。

應該是那張小字條的後遺印象把他們刻意隱藏的猖狂彰顯得太明白吧，費爾泰對待他們那種嚴厲，誰都看得出來。

小魏對費爾泰是敬畏的。我們旁觀者清，讓小魏怯懦的，不是費爾泰的年齡，是費爾泰那一雙有經驗的眼睛：他似乎有裡外通曉，卻不加以點破的沉穩；還有，他的自信，以及因自信而在的權威。在他前面，小魏像個怕犯錯的小孩，怯於狡辯，全面棄守地循規蹈矩起來。

每天都一樣，小魏會先跟費爾泰道早：

「費先生，早！」

語氣中閃爍著藏匿的意味。然後就坐了下來，立刻握起話筒，打起電話來——欲蓋彌彰地揭露了他的心虛。

嚴芸則是強悍的，她從來不跟費爾泰道早。她也坐了下來，在費爾泰斜對面。

眼瞼下垂，黃黑的面色，有些浮腫，在她臉上添加了一抹蠻橫。她呈現了一種一明一暗的差異：剛進門時，她激奮而躍動，是刺眼的；一坐下來之後，她就拉下一扇窗簾，現出漠然不可穿透的某種黑暗——這，應該就是她的「冥頑」，大家公認的。

不過，冥頑不是愚蠢。我們這一路聽聞過去，終於承認她一點都不笨；我們看到她怎麼精巧地利用著小魏：把他從他對她的無情轉到無奈，再到縱容，然後不可置信地看到他對她的微妙屈服。她說得上是「狡獪」的。

嚴芸有一種奇特的走路姿勢：挺胸向前，一步一步狠狠跨出去，配上她使勁卻又走不快的惡狠表情，她就像是在拚命。

她剛進公司時，是個不起眼的黃瘦女孩。老天好像故意要在這個原本乾瘦的女孩身上，開一個天大的玩笑。有一天我們突然發現了她胸前詭異的隆起。這個玩笑的惡毒部分是從胸的下緣開始，延伸到腰腹相接的那一帶：恰到好處的縮小收斂，柔雅優美；這只有在宮殿電影裡公主皇妃腰身上看得見的，卻驚心動魄地出現在眼前這亡命的嚴芸腰上。

這個惡作劇像是搔著了人們尷尬的隱處，叫人哭笑不得。

就這樣，只要不出貨，她每天就會跟著小魏轟轟烈烈擠進公司大門，然後陰陰地落座在費爾泰對面；然後便起身去擦拭桌椅：她惟一會做的工作。在她剛進公司頭幾個禮拜，負責教導她的小魏向費爾泰這樣訴過苦：

「費先生，我真不曉得老董找她來幹嗎呀，教也教不會，說也說不聽！」

我們至今也還記得他這句無情的話。

趙祖安是嚴芸的大舅。嚴芸因這層關係進公司，從來就不是祕密。趙祖安也不忌諱，先下手為強地跟大家挑明了講：

「我跟嚴芸是把話說在前頭的哦，我說，憑你這塊料，初中畢業，什麼也不懂，不是我，你進得了公司？你要不好好學著，我也沒法子了！」

趙祖安這一番話堵住了大家的嘴，這是他聰明的地方。趙祖安的精明在我們這一行是出了名的，只要一提「安那」，——他的綽號——大家都有一副瞭然於胸的表情。因此他這先發制於人的手段，是意料中的事。

當初，趙祖安帶了一籮匡點子來跟莊董見面談合作的時候，便有人提醒莊董要留神，但是，一來這警告閃爍其辭，二來那時公司正在向高處攀昇，莊董自信十足：趙祖安再精明，大不了是為了一個「利」字，只要有錢讓他賺，合作，怕他什麼呢？

於是他們很禮貌地見了面，在我們搬來大樓之前的那間窄小的辦公間。費爾泰是當時坐鎮公司的大員，在擁塞的桌椅有限空間之間，無可逃避地也見著了他。

費爾泰被強迫著接受的第一個苦惱，是趙祖安高亢薄扁的嗓門；那嗓門隨時都會響起來，無處不在。對費爾泰，這是無名之痛，騷擾全身的煩惱。一開頭，也許只是為了一掃這模糊的苦惱，他不得不刻意走經小會客室的過道，確定趙祖安的長相，以便把他沒有著落的莫名煩苦，定於一點而把它鎖住。

因此，費爾泰打一開始就看清了趙祖安的面貌，卻沒有能一如預期的，因確定了他的形貌，把自己的苦惱轉移到他身上去。

趙祖安見到從裡面走出來的費爾泰，臉上掠過一絲疑惑，迅速又隱去。聽了莊董的介紹：「我們公司的大將！」他抬了抬身子，眼光雖然謹慎，卻更深入地投向費爾泰；他拍了拍旁邊的沙發，熱絡地：

「費先生，你好！來一起坐坐！」

這應該是費爾泰跟趙祖安的第一次見面。「安那」以他精明之內的熱絡，模糊了費爾泰對他的情感反應。

見面的機會逐漸頻繁。從莊董跟趙祖安拍肩說笑的程度看來，他們談的合作案是越來越具體了。鮑副總就是這時參與進來的。那時他在另一家公司担任副總經理，「副總」成了他專屬的稱呼。

這合作案，如果根據鮑副總一貫的急進熱切的說法，是一個「跨國」合作案。本地的資源訊息、構想藍圖來自趙祖安，因而得有國際觀的角色來搭配，鮑副總被認定是不二人選。於是大家開始看到他怎麼以虛懷若谷、才華內斂的姿態出現在我們辦公室。

費爾泰那時也才進公司不久。我們對他所知不多，只聽說他跟莊董是舊識，有多年的國際貿易經驗。後來我們知道他是個謹守分寸，而心中無形的觸角卻伸得極遠極深的人；有時他會以多言來騷擾旁人對他本人的探測。大家對他有很矛盾的印象：他要不是極細膩，就是極粗糙；不是很規律，就是很隨便；有點善感、有點冷硬；似乎唯美、似乎俚俗；頗堂正、甚卑劣——我們所知道的費爾泰好像是、又好像不是這樣的一個多面向人。

以費爾泰的經驗，立時會明白鮑副總是夾著何其龐大的一股商界現實利益進來的。所謂「國際觀」是美其名；他可能是這合作案未來的大股東，代表了可觀的財力——這才是重點，因此階層便分了出來：他，費爾泰，是被僱用的職員，至多是老闆的舊識而已。鮑副總卻是未來的股東，老闆之一。所以鮑副總才會以他的個人特質，那麼有深度、那麼有涵養地出現在公司。

另一方面，費爾泰則是個不容懷疑的堅守本分的人。他極少出入他們熱絡交談的小會客室。他在他自己跟他們之間劃出一條清楚的界線，不容自己跨越。然而，那間辦公室委實太小，他們又無意迴避，因此他才能聽見鮑副總模糊一片的盲目的樂觀；趙祖安旁徵博引的輕鬆自信；莊董躍躍欲試、左右逢源、應付裕如的得意。

他是在刻意跟他們隔離。但是，費爾泰終究是不能置身事外的。

那一段時間，由於費爾泰的老練和努力，「黎園」的進出口大大蓬勃起來，尤其在一般小型貿易公司不敢輕易嘗試的進口業務，我們不但大膽進軍，還賺了不少錢。向來習慣低調的莊董，也禁不住意氣風發起來。

據說是一批進口貨出了一點問題。那天，正當趙祖安跟鮑副總在外面小會客室談得興致高昂的時候，費爾泰卻在裡面埋頭處置他的煩惱。

費爾泰的國際電話講了足足半小時之久。我們聽不懂他講什麼，但聽見了他的聲音；外面高談闊論的除了鮑副總，大概也聽不懂他的話，但他們一定也聽見了費爾泰的氣勢，因為他們突然中斷了談興；沉默把費爾泰的聲音高高拱抬上去。沉默持續了一刻，然後談論又重新啟動，比先前更加熱烈。但是我們看見鮑副總突然警覺地收斂起來，變得非常識趣的樣子。

我們猜想費爾泰之所以終於也參與了這個合作案的談判，這件事多少是一個原因。

費爾泰跟客戶的口舌之戰，為公司贏了一筆鉅額賠償金。這批貨儘管有瑕疵，一進來就賺了一筆，這賠償金是額外的盈餘。

我們聽見莊董喜氣洋洋的聲音：

「費先生，好呵，好呵！」

接著，莊董就現出他慷慨的專制：

「我看哪，費先生，這合作案以後就麻煩你來直接跟那邊溝通好囉！」

「這，」費爾泰說：「不太好吧？不是鮑副總在負責這件事？」

「沒有誰在真的負責，」莊董兩眼下望鼻尖：「不管他了，以後就我們這邊來聯絡吧！」

這兩眼觀鼻的動作，是莊董的弱點，也是他冰冷不可突破的堅硬之點；經常出現在討價還價，堅持不讓的時候。「強硬」是一望而知的；「脆弱」，則因為莊董自己對這強硬的懷疑，而要把它藏躲起來的一種心虛。

對費爾泰來說，莊董不異講白了他對自己的信任超過了鮑副總。這一點似乎迎合了費爾泰性格中鄙俗的部分，因為此後我們就看到費爾泰一肩挑起了兩付担子：外貿和合作案；在合作案上，他著力尤其深，他把它推進得既遠又快，有點欲罷不能的態勢。

趙祖安以不信的眼光偷窺著這一天比一天真實起來的進展。眉眼間祕密洩露出一道措手不及的恐慌，——這躲不過費爾泰的眼睛——因而在他的虛榮中，引起了一點莫名的不安，然而這時他卻煞不住車了。越來越得心應手的莊董，以及平日虛懷若谷，此時大力推波助瀾的鮑副總煞不住車了。「黎園」煞不住車了。

若隱若現的不安，一直出沒在費爾泰心裡，讓他對時刻設法親近他的趙祖安保持著若即若離的態度。聰明難纏的趙祖安也必然察覺到來自費爾泰那面那猜不透的疏遠，——我們從他對費爾泰此後格外尊敬這一點看出了端倪。

小魏是這時在汪先生——公司另一個股東——推薦之下進到了「黎園」。有人說，汪先生雇用小魏，是為了對莊董展現霸氣——表示他在公司也有人事任用權。

如果這是無形的霸氣，那麼汪先生的巨大胸音便是有形的霸氣。他常說生意不是坐在屋子裡做出來的；而他是跑「外面」的人。當他用這種胸音，向莊董暗示這層意思的時候，「坐在屋子裡」的莊董只是默默地兩眼觀鼻——權衡全局之後，他選擇了沉默，這就是莊董的韌性。

鮑副總還沒正式上班之前，便已經是「黎園」的常客了。每天下午，他跟趙祖安倆便一前一後來到公司，跟莊董一起坐進了那個陰暗角落。汪先生也不時加入，但因為他是「跑外面」的，進公司時間不多；不過只要他在座，總能聽見他發出哄哄的巨大胸音。那時已經開始發胖的他，腫眼皮、大鼻子、肥耳朵、厚嘴唇、粗脖子的特徵都出現了，——難怪他有那麼哄亮的胸音。

費爾泰是不輕易闖入他們的範圍的，他在桌上做他自己的工作。有時會聽見莊董揚聲問：

「費先生，今天老約翰那面怎麼說？」

約翰是跟他們談合作的當地人，費爾泰的談判對手。費爾泰把當日電話交談內容簡要說了幾句。興致高昂的莊董便會這樣接話：

「費先生，過來坐一下嘛！」

一旁的趙祖安趁機便說：

「來啦，來啦，過來一起聊聊嘛！」

我們偶而會看見面有難色的費爾泰過去坐下，可是不多一會就起身回來。想必是他們感受到他保持距離的壓力，以後就很少見他們再邀他加入商談。

跟他們保持似近實遠的距離，不難想像這是因為費爾泰見識到了趙祖安的厲害：這個人似乎突然滿面紅光、容顏煥發起來，——好像一夜之間他澈底變了，從原先措手不及的遲疑，一下子擠到了最前端，一副劍及履及的樣子。

我們聽說他果真有了具體計畫。第一步，他建議實地到「那邊」去看看。在鮑副總氾濫的樂觀主義推動下，沒有人反對。於是鮑副總跟趙祖安的交情一躍而進入前所未有的境界，兩人拘肩互稱「親家」的笑話，就是從那時開始的。

費爾泰身為聯絡人，自然也是必定要去的；一行四人去了那蠻荒地帶有兩週之久。我們納悶的是，汪先生沒有在這空檔之內回公司主持大局，他也同樣消失了兩週，偶而會有電話打給小魏面授機宜。那時我們就風聞到他有賭博的習慣。

他們遠遊歸來之後，集體表現出一種漫無節制的快活，看在我們眼裡，不知怎麼，少了一點踏實感，好像他們有什麼地方對不攏焦距：模糊的、不肯定的，卻又莫名其妙地加強了他們那無處不在、親切隨和的快樂。

這有點奇怪。不過，他們倒是動作得更積極了。助興的是，進出口業務這時也越發有勁起來，這些毫無疑問都看進了趙祖安眼裡——因為，他的姿態更加像是公司的一份子了，一個股東。從蠻荒回歸的趙祖安每天跟鮑副總一碰面便相互先笑稱一聲「親家」，親熱極了。

莊董登報徵人，惠儀進了公司。趙祖安更積極動作得像股東的明證是，他把他的外甥女嚴芸帶進公司來。他向大家宣告的那一番大公無私的聰明話，跟嚴芸剛進公司的模樣，作了一個恐怖的結合，不幸地從一開頭就把她打落到谷底，永不得超生。

正如她舅舅說的，她是「什麼都不會」；小魏的發現是，她「什麼都學不會」。費爾泰得出的結論則是：她「什麼都不願去學」。

「什麼都不願去學」——彷彿她在她本能的操縱下，變成祭品地奉獻給一種另類的人生態度。

「黎園」接下來的大事是老約翰的回訪。大家都知道他有一探我們虛實的用意。老實說，我們有一點心虛，因為有消息透露，他跟我們同行也有接觸。趙祖安透出極其機警的神情，像探首四處張望的老鼠。鮑副總閒閒不在意地說：

「沒有關係啦，來就來，不來就不來，總不能刀架在他脖子上強迫他來吧！」

但是，想到他浮濫模糊的樂觀，沒有人相信這是他心裡的話。

費爾泰忽然變成大家心中一股主要的安定力量——來自於他跟老約翰建立起來的互敬和流暢的關係。從約翰到訪的第一天開始，他就把費爾泰當作交談對象。費爾泰欣然應對，直到他感覺到鮑副總火熱搶進來的態勢，他才決然退卻下來，選擇了袖手旁觀。也是旁觀者的我們，把這都看在眼裡。

趙祖安在實務方面的精通是沒有話說的。他對老約翰提出一個接一個細密的方案。那應該是趙祖安在「黎園」最風光的一段日子。後來我們發覺，「細密」正是他厲害的地方。

約翰在台灣停留了十天，敲定了跟我們的合作案；於是一切端上了枱面，只欠那一陣東風：資金。

「那簡單，到時我們慢慢來『喬』！」

鮑副總兩手一揮，志得意滿，信心十足，對他來說，天下簡直是無難事。

那十天，我們是「在營休假」，輕鬆愜意，唯一叫人煩的是汪先生。有客自遠方來，事關重大，他每日非得來公司應卯，但是他跟他們揉不到一起去，於是他避難到外頭來。這外面可是他如魚得水的所在：他問問題，下指令，——特別是對小魏。小魏的：「是，汪大哥，」「好，汪大哥，」搔對了汪先生的神經，把他捧上了雲端。滿屋子是他轟隆轟隆的共鳴聲。

經這一役，「黎園」的大人物都有了變化：趙祖安顯然增加了份量，而這令人陶醉的重量漸漸帶出他獨斷的傾向。莊董笑得更加左右逢源了。讓人醒目的是鮑副總，他心裡老像有什麼控制不住的欲望：要對誰護短，要大方地寬容、放縱每一個人。汪先生動不動就會找到小魏的毛病，他諄諄善誘地教給他正確的「做事」方式。我們居然看到，以費爾泰的老練穩重，竟似乎也把持不住了，露出了馬腳，讓我們窺到了他的「俚俗」，舉個簡單例子：他有時會小題大作地仁慈得不得了，跟鮑副總有些類似；不過，費先生收斂得很好，鮑副總則是渾然無節制的。總而言之，整個「黎園」沉湎在這樣一種甜蜜歡洽的氣氛裡。

就這樣，我們知道公司跟老約翰的合作案已經正式上路，別無選擇了。

那天，費爾泰有些不一樣；他被什麼小小的騷亂苦惱著。造成騷動的是嚴芸。她在他眼前一會兒走出去，一會兒走進來；一會兒坐下，一會兒站起來。一個無關緊要的嚴芸，重複做著無意義的舉動，而原因不明，所以苦惱著費爾泰。等她又走了出去，他就側首跟一旁的小魏說：

「她走來走去幹什麼？找些事給她做做好不好？」

小魏楞了一楞，尷尬地笑了一下：

「好呀……好呀，等下我就告訴她去！」

小魏倒是真的去跟嚴芸說了，但卻引起了費爾泰的懷疑：首先是小魏跟她說得太久、太入神；其次他像是完全忘了他答應費爾泰的事，臉上的表情非常奇特。

費爾泰還來不及領會那表情的意義，嚴芸又開始走進走出了。她拚命地，一傾一巔地走來走去。不過，費爾泰的注意力隨即被她的臉吸引去了。

原先那張頑強敵意的臉，這時像一面四分五裂，又被一小片一小片拼湊了回去的鏡子，輕輕一戳，它就會頹然而潰，撒得遍地碎片。除了這張破碎的臉，還有她破碎的目光。碎成段段的目光，到處飄散；碎裂得那樣兇慘，屋裡每個角落都有她殘缺的碎光在惶惶游動。

發生這件事之前不久，惠儀就進了公司。她立即被牽扯了進去；不知道是這樁事的哪一部分啟動了惠儀潛在的母性，她對嚴芸散發著溫暖可靠的安慰，而且剛好讓費爾泰看在眼裡，令他大大心折。惠儀大概不知道自己無心的溫暖會轉化成那樣一種特異的濡軟，成為她的美聲之外，再一次出其不意地打動了費爾泰這個局外人。

其實，嚴芸與惠儀之間的動作，簡單而明白。嚴芸拚命地一傾一傾走進來，挨近了惠儀，講了幾句什麼話。惠儀向嚴芸側著身子，凝神傾聽著；她就這樣敞開了自己，毫無妨人之心。因此費爾泰在感動之餘，對她大舉入侵，澈底去品味她的柔軟多汁。

惠儀慷慨地站起身，嚴芸跟著也站起來，好像卸下了重擔，幾乎要快樂起來的樣子。她們一起走出去，好半天才回辦公室。嚴芸坐下來，兩手擱在桌面，十根指頭互揉著，眼睛獃獃望著扭動的指頭。臉上重新出現那凝聚不起來的破碎。她起身到小魏桌邊去，湊在他耳邊說著話。我們聽見小魏故意轟隆轟隆大聲說著：「好呀，好呀……」

於是跟嚴芸走了出去。

連著好幾天，他們忙碌地進進出出，神神祕秘地，像是在解決什麼大問題，卻又像什麼問題也沒有解決。

是趙祖安當眾宣告了嚴芸這件事，就像當初他帶她進公司，先是來一番話給她一巴掌，撇清了他自己；如今他則是迎面給她一刀，把自己撇得越發乾淨。

記得那一天，他明明跟莊董在會客室聊得眉飛色舞，興高采烈的，一出到辦公室，面對我們大家，就倏然換了一副表情。不過他到底還是仔細的：一對精細的眼光先游向嚴芸的桌面，確定她不在座位上，也不在近日她瘋狂周遊的其他角落，他才站住腳，準備說話。

一開頭，他有點遲疑，像是在探測我們究竟知道多少；他目光四處流轉，最後謹慎地慢下來，定在費爾泰臉上，把他當作主要對象，然而又怕得罪他似地，非常細緻深入地探索了一會，這才開始說話：

「我講呵，我早講了，這個死孩子是教不會的。叫她到公司來學習，多難得的機會，偏偏不學好，弄到今天這個樣，笑死人了！……」

由於偵測不到費爾泰臉上的明確反應，他索性一刀切了下去：

「我現在也不管她了，公司要怎樣處置她都可以；我還有什麼好講的？她自己不學好嘛！……」

他陡然住嘴，回身大步走出辦公室，正氣凜然的樣子；但是他立刻讓人覺得連他自己都明白那是恐懼。他走開的用意，就是要一溜煙逃避。

把趙祖安處置嚴芸的手法，跟以後他跟公司的絕裂相比，我們不得不相信我們還真不幸遇上了這麼斷然不講情面的人。

茫然的反倒是費爾泰，他聽不懂趙祖安在說什麼。他曉得在嚴芸、惠儀和小魏之間有事情發生著；這事對嚴芸必然不好；對小魏和惠儀雖然未必就好，卻似乎挑動了他們某根神經，帶給他們什麼祕密而異樣的興奮。

趁著四下無人，費爾泰把小魏叫到他跟前：

「小魏，你剛剛聽見趙祖安的話，他以為我全知道，其實我全不知道。到底是怎麼回事？跟嚴芸有關？」

小魏偷偷瞥了費爾泰一眼，詭密地一笑，有些興奮起來：

「費先生您真不知道呵？我還以為您早知道了呢！」

費爾泰說：

「你們最近很忙，這我知道，可不大清楚你們忙些什麼。」

小魏赧然地：

「哦，是哦……」

小魏偷瞄了一下突然專注起來的費爾泰：

「我也不知道該怎麼說，都是她自己告訴我們的……」

於是，他就昂奮地、無辜地、又那麼坦蕩蕩地，說起了嚴芸。

小魏說的這件事，就是一則標準社會新聞的翻版：一個不學好的女孩子跟不學好的惡少胡混；女孩子最後被糟蹋了。這就是嚴芸的故事，不過過程還要複雜一些，惡少不是一個而是好幾個，於是「被糟蹋」便是觸目驚心的「被輪暴」。嚴芸被拍了照；惡少拿了照片來威脅她。父親在外地工作，母親除了哭和打罵，幫不了她的忙。在舅父趙祖安一刀割切了她的同時，她神奇的本能把惠儀扯進來；然後，她就黏著小魏；像石頭一樣頑固地纏著他。她直截了當要小魏幫她。小魏有點困惑：

「我跟她說呵，我幫不了她什麼忙，而且……而且，這種事……」

可是他個性中某種弱點，讓他擺脫不了她。能看出小魏的弱點，嚴芸倒確實有一點「神奇本能」的。

我們總忍不住拿嚴芸來跟小魏太太相比：嚴芸，是的，她能神奇地看出小魏的弱點；小魏太太則似乎能看清小魏的全部。頭幾年公司的尾牙，我們都能見著她，——見著她像一面網似地張開在小魏四周。令我們印象深刻的是她對小魏瞭解之深，那就是：連她自己都絕對懷疑那面網的效果。她是個好太太，好女人；非常收斂、非常堅決，跟日漸發胖的小魏對照起來，她彷彿是一件穿在小魏身上的緊身衣服。

費爾泰問：

「呃，那麼，你們幫她弄得怎樣了呢？」

小魏說：

「是哦，我請了一個角頭把這幾個小混混找了來，好好嚇了嚇他們，說要去法院告他們；說要修理他們……」

「就這樣放過他們？」

有責備的意味；小魏警覺地偷看了費爾泰一眼。——不是責備；是一種他看不明白的柔和，像是要把臉上的皺紋都溶化了似的。

「是哦，也就只有這樣子哦。我想，能夠叫他們以後不要再來糾纏就很夠好了，費先生，其實哦……」

小魏忽然顯出公正的樣子：

「……這要怪嚴芸她自己。她為什麼要跟他們去混；為什麼笨到這個地步……」

費爾泰打斷小魏理直氣壯起來的話：

「這時候去追究原因也沒什麼意義了，你倒是要盡心幫幫她才好。」

「有呵，有呵，」小魏誠懇地說：「連拍的照片我都要回來了！」

「那就好。」

費爾泰讚賞地點點頭；然而他立刻覺得小魏在私自擴大解釋他的稱讚，在裡頭尋找掩護似地；在小魏的誠懇裡，閃爍著不明的光，像是被極謹慎小心虛掩著的竊笑，令人不舒服。

小魏的機警本能提醒他再去偷瞄費爾泰一眼：這時，那臉上除了他不懂的柔和，還有他看得懂而且令他敬畏的銳利。

「是哦，我盡力就是了，」小魏垂著眼；心懷敬謹，這回倒是百分之百的誠懇。

「小魏，」消溶費爾泰皺紋的柔和瀰漫在他臉上：「你要曉得呵，人家可只是一個女孩子，不管她是好是壞，這種事關係她一輩子。我們替她想想，今後她怎麼過……」

這句話發自於費爾泰心中突然產生的一種超然的感動，跟嚴芸一點關聯也沒有。他思想中絲毫沒有她受苦的傷痛。

他是因苦難的普遍性而感動；這種抽象感動一旦觸及特定對象，它就會莫名地被世俗化；所以嚴芸，或者其他具體對象，都進不到他的感動中去。這算是費經理性格的另一面吧。

「我知道哦，費先生，」小魏用至誠的喉音回答著。

費爾泰意識到自己的虛偽；於是相信了小魏這句話的誠實。

合作案的進展，出乎意外順利。可是趙祖安這個人在費爾泰心裡引起的隱隱不安，卻總也無法消除。還好，進出口業務的暢旺，畫出了眼前一片美景，那不安算是費經理自己心裡頭的小疙瘩吧。

偶而我們也會聽到一些怨言，是莊董說給鮑副總聽的：

「都已經過了兩個月了，『安那』的股金還沒給，他也裝不知道！」

快樂的鮑副總便會瞇起眼笑著說：

「他會，他會的！我找個機會來提醒他！」

紅光滿面的汪先生，越發有理由地不常來公司；不時打電話進來支使小魏做這做那。至於小魏，除了左一句「是，汪大哥」，右一句「好，汪大哥」，一點不在意汪先生刻意的粗魯，反倒十分溫暖舒服地享受著撫摸，像蜷伏在雙膝上瞇著眼的貓咪，發出咕咕的呼嚕聲。

的確，「黎園」上下裡外盪漾著的是這盈邊的飽滿，而且，飽滿之外，還開始閃著油光，肥膩膩起來。

在漾動的油湯表面，我們偶而會看見一隻被擠到鍋邊的小黑米蟲。牠好像跟那一鍋油湯無關，沒人理睬，卻自己在一邊隨湯起伏。這隻小黑米蟲是嚴芸。

小魏永遠不會曉得他自己這時跟汪先生有多像，他是他的翻版：汪是大號，魏是小號；只是當兩個人同時出現時，小號便消失不見了。跟汪先生一樣，紅敦敦、油膩膩地浮沉在油鍋裡。

費爾泰打小魏的行動電話，聽見裡面嘰嘰咕咕的說話聲，就會問：小魏，你在哪裡？半醉的小魏不懂得怎麼對費爾泰說謊，滿腹忠誠，一肚子坦白回答說：費先生呵，我在跟他們喝啤酒呵！跟同業喝酒應酬談生意，也是名正言順的上班。

有時候，小魏要到十點多才進辦公室；薰薰酒氣的他，人倒是清醒的，動作卻大得不得了，心情也寬廣得不得了。大家突然注意到小魏也是以那種龐大無比的態度對待嚴芸。我們記得以往小魏是怎樣酷待嚴芸的。這種變化悄沒聲息地，以一個既成的事實出現在大家眼前，真有點奇怪。

嚴芸跟著小魏，也是十點多才進辦公室。小黑蟲跟在小魏後面，一點也不掩飾地擺出一付大膽妄為的神態。

嚴芸理所當然的狂妄，荒謬得令人渾身起雞皮疙瘩。可是她一點也不在意她周遭的反應。她毫不顧忌地一往直前：她就是要跟著小魏——「拚命」跟定小魏。

而大家突然都看到了她胸前暴怒的凸起、柔軟的沉陷；對她既莫名其妙地憎恨，又莫名其妙地被她吸引。她的冥頑和固執跟她胸前的凸起和柔軟，對立成一場兩股野蠻力量互爭地盤的戰爭，她，她的身體，便是這兩股野蠻力量的戰場。

而嚴芸對自己身上的戰爭竟是茫然無知的——好像她的智力理解不到這微妙的複雜。小魏也令人詫異。他似乎是裝作看不見她身上那場鏖戰，要不就是故意躲避著它。而不知怎的，小魏的閃躲看上去有點像畏懼；又有點像屈服。

接下來，便是費爾泰發現了小字條的那樁事。

那天早上，費爾泰在他的電腦桌上檢起一張糾成一團的廢紙，他把紙團攤開，看見上面寫著：

我愛你……

這一行後面，又接連寫了好幾個「我愛你，我愛你……」。不知道寫字的人是要把字寫得漂亮還是要寫得有風格，每個字都有矯飾的流利。

就在這時，辦公室紗門吱呀一聲打了開來，走進來的是小魏和嚴芸兩個人。他們不是走進來，是擠進來。清晨的辦公室極端寂靜。進來的兩個人立刻感受到來自寂靜的嚴峻的壓力。小魏怯怯地悄聲說：

「費先生，早！」

偷掠了費爾泰一眼。嚴芸一語不發，放下手裡的小包包，在她的位子上非常敵意地坐下來。費爾泰把手心的紙團悄悄丟進電腦桌下的垃圾桶。

嚴芸的敵意、敵意中的愚昧，把費爾泰早先心中對她那一點憐憫一掃而光。小魏則故意以他的專橫霸道，撐出了那麼龐大的架子而顯得荒唐，因為就在那龐大之中，費爾泰確然無誤地看見一絲血痕一般的卑屈在蠕蠕游動。

關於小魏跟嚴芸的傳聞，在公司流傳了開來。每一道流言都暴露了一些不同的內幕，卻都指向一個不堪的推測。然而傳言也僅止於傳言而已，不久就煙消雲散了；因為，大約就在那時之後不久，合作案便顯出了跛足拖行的疲態。再往後，宴近席散；戲近終場，意興闌珊、憂心忡忡之餘，還有誰去關心這件事；還有誰去關切嚴芸，這隻黑色小米蟲呢？

毫無疑問，這一切都因那樁尷尬事而起。嚴芸的驚恐；她拉惠儀出去密談；最後她向小魏求援…都因為那樁事。

知道內情的人斷定她轉向小魏求助，是接受了惠儀的點撥。據說兩個女人之間有這樣一段對話。

她們站在辦公室外那一條黝黑長廊的偏遠處。在絕望、恐懼交逼下更黑更憔悴的嚴芸，襯比出來的惠儀不單是她的白腴多汁，更有她高聳的正直。這懸殊兩個世界的不同，逼現到嚴芸面前，她再怎麼冥頑不靈，想必也能體會得到吧。她默默接受了她自己的處境，還聰明地發展出她自己一套理論：卑微的自貶，可以引來施捨，得到拯救。

是惠儀在問她問題。

「你怎麼可以隨隨便便跟他們出去，你看不出他們是什麼樣的人呵？」

「我怎麼知道，」嚴芸回答著：「我以為只是大家在一起玩一玩……」

「玩一玩，喔！」惠儀嘆口氣，她嬌弱而帶點鼻音的嗓子，只能把她的責備提高到這樣的強度：「你真是傻得可以！現在，你看吧！」

嚴芸的眼珠滾來滾去，沒有淚水；只有逐漸野蠻起來的執拗。

惠儀又嘆了口氣：

「我問你，你打算怎麼辦？」

「我就是不知道呀，」嚴芸的眼珠只是滾來滾去：「惠儀，你幫我想想……」她忽然抬起頭，眼睛火辣辣地盯住惠儀的臉，非常突兀粗魯。瞪了好一會，她兩眼才脫離惠儀，看向遠處。

「我現在，我現在，」她茫然地說；然而一下子她又擁住了無窮希望：「我現在什麼都不怕，什麼都不想，只想把照片要回來，這樣就好了！要不，我老爸知道了，會把我打死的！……」

「什麼？你說什麼？」不知為什麼，惠儀心頭湧上一股說不出的痛；生氣地大聲問。

惠儀的怒氣沒有嚇倒嚴芸。嚴芸其實不在意惠儀；她想著的只是她自己，——她選定了一個方向就一頭栽進去往前衝的，她自己的那個固執的世界。

「我說，要是給我爸知道了，我會給打死……」

「哦，你怕的是這個！」惠儀說：「你不想想你自己會變得……會變得怎樣……唉……你啊……你啊……那，那你媽呢，你媽會怎樣？」

她失望卻找不到更狠的話來說；但是，畏懼父親也沒有什麼不對。惠儀的錯挑得有點離譜。

「我媽？我媽沒關係，」嚴芸臉上一鬆，顴骨旁從鼻樑起，各各出現一道下斜的凹陷，一如石頭上的刻痕，兇狠強悍：「她只會哭，我不怕！」

惠儀默然。過了一會，她輕聲問：

「如果照片要不回來呢？」

嚴芸昂著頭，兇悍地：

「一定要得回來，你幫我想辦法！」

惠儀搖頭：

「我想不出辦法。不過，就算你拿回了照片，你又怎樣？」

嚴芸露出放心的樣子：

「只要照片要回來就沒事了！」

「爸爸就不會打死你，什麼事——我說什麼事——都沒有關係了？」

「對，對，都沒有關係了！」

惠儀盯住她半天，看不出解答。

「如果是這樣，照片要不回來又打什麼緊？」惠儀疲倦地垂下眼；她完全失去跟她談下去的意願。

「不行呀，」嚴芸瞪著眼說；是那種恐懼、哀求的眼神：「要不回來我就死定了，我爸……」

惠儀打斷她的話：

「我也想不出辦法。這樣吧，你去請小魏幫忙，也許他……」

就這樣，嚴芸走向了小魏。這都發生在那天上午，費爾泰遠遠看見嚴芸如何一會兒跟惠儀出去，一會兒又跟小魏出去。費爾泰如何看見惠儀白皙的臉上隱隱約約，不可測的神祕表情。

嚴芸從惠儀轉向小魏只是轉眼間的事，那短短一刻她心中起了什麼變化，沒有人知道。有人說嚴芸是要脅著小魏幫她。她憑什麼要脅？她怎麼要脅呢？每一個人都想問。

這要到好久好久之後，有一天，小魏喝醉了酒，才說起了那天的事。

「她站在我前面，就好像脫光了衣服一樣，」小魏瞇起眼回憶著。

「咦，怪了，一個大男人怕光屁股女人！你就聽了她的？」

「我沒有說她真脫光了呵，」小魏迷迷糊糊，文不對題地解釋不清。

如果小魏的醉話不假，看來就未必是嚴芸的威脅。小魏怎麼就聽從了她，只有他自己明白。

小魏拜託跟黑道有往來的同業，約請了一個角頭老大，一起去找那幾個混混，輕輕鬆鬆把照片連同底片都要了回來。過程這麼容易，小魏早知是這麼幾個膿包，他獨自都對付得了。

然而，這件事最後會讓人覺得詭譎而悚然的是另外一部分：嚴芸堅持要跟了一起去取照片；她堅持要全程在場。

「喂，喂，」小魏說：「你去幹嗎？我負責給你要回來不就得了？」

嚴芸搖搖頭，堅決地：

「我要去！」

小魏全然不解：

「來，來，你這個人！說句不好聽的話，別的女孩子碰到這種事躲都來不及，你倒要……」

「你不知道！我要再看看這幾個王八蛋！」

這順口而出的三個字「王八蛋」，不由得讓小魏抬起頭來看發話的人，——他看見一張突然那麼光亮的臉：是好奇跟兇狠混合的光亮。這個人一直到現時，他都是以霸道和專制對待，現在卻似乎變得野生起來，要失控的樣子。

那天傍晚，那幾個小混混在和顏悅色的老大前面，嚇得把頭壓得低低的，只把一頭染得紅黃不分，亂草一般的長髮來遮臉。

老大回過頭來，笑對嚴芸：

「怎樣，要不要教訓教訓這幾個小王八蛋？」

嚴芸不答話，緊緊盯住他們，從頭看到腳。忽然之間，臉上的光芒盡失；一抹無聊——或者是無趣——把那熟悉的冥頑愚昧都招回到臉上。

她跟小魏說：

「走吧，我們回去。」

是他沒有看見她臉上回過來的表情還是怎麼的，他順從地答應了一聲；莫名其妙地一陣狼狽。

嚴芸坐小魏的車回去。小魏把一疊相片捏在手心，側頭看著她說：

「這些東西，你收回去吧！」

她看都不看一眼：

「我不要它——我要它幹嗎？」

小魏意外地：

「不要？你拿回去一把火燒了不是乾乾淨淨？」

她垂著眼瞼，——是那種你絕對打不動的頑固——毫無所謂地：

「我不要。你幫我燒了吧。——隨便你。」

小魏答不上話來。過了一會，他自言自語地：

「你這人真奇怪！」

見她沒有反應，他咳了一下，乾笑了一聲：

「不怕我偷看？」

這是極小心的一步，一跨出去就進入極微細、危險的禁地。仍然沒有反應。他偷偷地向側面瞄了一眼；立刻斷定她在微暗的側坐向他這邊看著。

他打了一個寒噤，不由自主避開她的逼視。很清楚的一種感覺凝結起來，浮上心頭，——就是好久好久之後他還忘不了，醉言醉語告訴別人的那感覺：她好像脫光了衣服站在你跟前；又像是自己一身水淋淋滴染著乾暖的地毯那種不自在。

從此他就沒有再提這件事。嚴芸，是她的愚蠢又鋪天蓋地淹沒了她呢，還是她根本不在乎，總之，她像是把自己全然放得開開的，她豈止不提那件事，簡直正眼也不要看，——收放自如到這種程度。

於是我們看見嚴芸開始跟著小魏。出貨，她跟著他；進貨，她跟著他。上班，她跟著；下班，她跟著。用那拚命的姿態，一傾一傾，緊緊黏住小魏。她理所當然地無所不在，有小魏的地方就有嚴芸；好像她給出去了好多好多，如今她要一點一滴，合理地往回收。

在她的小天地裡；在她跟小魏之間；在她垂首自顧的一刻，她這坐大的情勢發展到這般氾濫的地步，那真是一種無聲的巨大吵雜。費爾泰迫於噪音的壓境，看清了這時候的嚴芸，卻驟增了他的困惑：她怎麼瞬間竟從黃瘦乾癟坐大得這樣不堪？奇異的是，她自己對這變化竟然還是一無所覺。

至於小魏，自從被緊跟之後，他就慢慢現出一付傻傻的無賴的樣子，彷彿輸光了的賭徒，手一攤：我什麼都不剩了，光棍一條，你看著辦吧！

又到了另一個出貨的早上，嚴芸沒有跟小魏在一起。前一天，嚴芸已經告訴他這天她要請假。

儘管他一個人也綽綽有餘；儘管嚴芸在場也幫不了他多少忙，這突如其來，有點滑稽的形單影隻，卻成了別人調笑的材料。

「咦，小魏，唱獨腳戲了？」

「唉，是哦，可憐可憐我，來幫個忙吧，」小魏說。

「你細姨呢？你細姨不幫你了？」

「對呀，對呀，小魏，你的小老婆怎麼不見了？小老婆，小老婆，嘛，嘛！」

小魏毫無道理地四下張望了一下：

「小聲，小聲！這個玩笑不能亂開！我不要緊，人家可是……」

他住口說不下去。他要接下去的是：「人家可是小姐」，話到了嘴邊，忽然，他像掉入噩夢，只覺全身纏滿了解脫不開的苦惱麻煩。

這個玩笑讓小魏既沮喪又驚恐。這心情到了第二天只有更壞，因為一清早就有鐵證來證明他的麻煩是擺脫不掉的：那就是他果然又在固定的時間看到了嚴芸，在她家門口。起先他以為那只是手腳被綑綁的苦惱，事實卻是，他在第一眼看到她時，心中陡然而生的那莫名的厭憎——特別是在看見她抬起頭，向他這個方向望過來的笨笨的樣子的時候。

他等她上了車，關上車門；不急著走，冷冷地、非常有節制地說：

「我跟你商量一件事，」

他不叫她的名字，極渴望經過這一道暗示，她能立刻明白他對她的疏遠。

她低頭整理著手中紙包裡的早點——是肉包子之類的，因為他聞到麻油和蔥的香味。她問：

「什麼事？什麼大事？」

「不是大事，不過，很重要！」

一直有油蔥的香味撲進他的鼻孔。他繼續說：

「以後你自己來上班行不行？你以前不是騎摩托車的嗎？」

「行，」她用手指撥開紙包袋口，向裡面看了一眼，然後伸嘴進去咬了一口，——果然是肉包子——一邊咀嚼著，一邊含糊地說：

「為什麼你不來接我了呢？」

「這樣比較好——為了你好！」

她搖搖頭，大口咀嚼著：

「我看不出來。」

「遲早你會看得出來。還有，你以後就在辦公室上班吧，不要跟著我跑外面了。」

「這是為什麼？」

「因為，」小魏打上檔，讓車子慢慢向前滑：「因為外面的事情是男人做的，你們女孩子學不到什麼。我會跟惠儀商量，請她教你會計方面的工作。」

嚴芸停住嚼動的嘴；鬆鬆握著紙袋的手，擱在膝蓋上，像是把紙袋忘了。麻油、香葱、猪肉混合成的奇香，由於沒有注意力的管束，越發放縱地四散飄逸。她嘴角下斜，牽動了顴骨兩邊的凹痕，不知道代表的是可憐，是兇悍，是愚蠢，還是三者的混合。

對於小魏的話，嚴芸一直沒有回答，──一直堅決不回答。而小魏竟然怯怯地不敢說第二次。他們默默地到公司上班。這一天沒有出貨，也沒有進貨，但是小魏藉故出去。他刻意放慢腳步，偷眼看嚴芸有沒有跟上來。她沒有。她漠然坐在位子上，兩隻手肘撐在桌面，十根手指對握著一根鉛筆，不停地搓弄滾動著。

我們直到今天都還記得那天嚴芸留給大夥的印象：極度敵意；十分冷酷；更加固執。

她不跟上來，加重了小魏心中的憂慮。他一路走出去，不知道自己究竟要去哪裡。有一度，他故意現身到昨天調侃他的那幾個人面前，讓他們看清楚他是一個人，沒有嚴芸跟著。可怪的是，他們竟然完全忘記了那個笑話，稀鬆平常地看待形單影隻的他。似乎他們今天充分諒解：既然老婆也不一定時刻陪在身邊，小老婆偶而不在也是很正常的嘛。小魏被密不透風地封住，尋覓不到一個出口——一個分辯的機會。

中午吃飯的時間——「黎園」跟大多數公司一樣，提供便當作午餐——嚴芸惡意地不在，留下一個便當在桌上。這惡意是針對小魏的，他再也清楚不過。因為，就嚴芸這麼一個無關輕重的角色；一隻被擠逼在油鍋邊的小黑米蟲，少吃一個便當，甚而少了她這麼一個人，有什麼大不了的？有誰會在意？

小魏匆匆吃完便當；辦公室的燈光滅了，是午休的時間。小魏悄悄掩上門出去。

他一出門就怔住。在長廊邊樓梯口，站著嚴芸，一雙眼睛畢直地看向他出來的這個方向。這時已經很胖的小魏，白白胖胖的臉刷地脹得赤紅。

她不動聲色，只等他走近。

「我說，」她不容他開口：「我說，早上你把我載來，晚上總要載我回去吧——還是乾脆要我走路回家？」

小魏陡然全身一鬆，有點不信地：

「好哦，你到底說話了，——就是這件事？」

她要笑不笑地：

「我不說話也不對了？你不是不要我跟著你嗎？那我不跟你說話不是更好？」

「你誤會我的意思了……」

「你回答我一句話：載不載我回家？就這一次了，」

小魏突然被澈底釋放，所有死結都解開，一切問題都釐清。他簡直輕快得要飛起來：

「載！當然載！這有什麼問題！」

接著，他從雲端下視人間，關切地問嚴芸：

「你還沒吃便當呢，都放在你桌上。」

這憑空而來的關切，簡直像大熱天披上厚綿襖那樣不合時宜，透露勢利的諂媚、廉價的慇懃，把他自己化成了一個大笨蛋。

嚴芸沒有比他好到哪裡去。假如她斷然不睬小魏，扭頭而去，那她的確提昇了自己，從愚蠢的水泥牆跨出了一步；然而，這時她眼中射出的黏黏不放，而且她衝口而出的這句話的自滿：

「哼，假慈悲！」

足以證明她只配永生陷足在她的水泥牆裡。

所以，他跟她是同在泥淖裡的一團糾纏；他務必要擺脫這糾纏才能乾淨，而今天終於可以了。他邁步往前走，飛快地脫離她。

然而，不知為什麼，他在腦中睜大了眼，卻仍是模糊不清，看不見透澈清朗的前方。他彷彿騎在一匹狂奔的馬上，風聲霍霍，顛簸不穩。

五點半下班，小魏一分不差在每天等她的地方等她。準時的強烈含義，是他行為的坦蕩；是他毫不涉私的公正不阿。嚴芸也是準時就到。他開了前車門讓她上車。也不過就是平日斜肩揹的那個小包包，什麼也沒多帶，但是她碰碰撞撞，笨手笨腳，好像拖拉了許多物事，好半天才上了車坐穩。她臉無表情，痴痴笨笨的。

「好了，」她喘了口氣：「走吧，我們去大賣場。」

小魏歪頭看著她，勉強擠出微笑：

「喂，小姐，不是送你回家的嗎？」

「我是要回家。不過，先去買個東西嘛。以後沒有你的車，就沒有那麼方便了。怎麼啦，不願意？」

小魏不答，發動了車子。

「去哪裡？」

「我們去過的那家。」

他壓下心裡的不快，調轉車頭，猛然一踩油門。

「不要不高興，」她立刻說：「不會躭擱你多少時間的。」

一路上誰也不再開口。到了大賣場，小魏把車停放在停車場。

嚴芸說：

「你不用陪我去，就在車上等我，頂多一二十分鐘，不會超過半個小時的。」

她下了車，推了一抬手推車進到賣場裡去了。她傾著前身的走路姿勢，從背影是看不出來的。天色已暗，她走向燈光聚集的那個入口；強光篩掉了她身上他熟悉的部分，剩下一個嶄新的背影。一如在街上偶遇身材曼妙的陌生女子，他的眼光被吸了過去：窄窄的肩，柔細而緊襯的腰身，微圓鼓突的臀部。

什麼時候開始，那個熟悉的嚴芸變成了眼前這個陌生女子？

過了半小時還不見嚴芸出來。小魏打電話給太太，說今天有貨要進，要晚些才能回家。一個小時零五分，她終於推著滿滿一車的東西，蹣跚現身。

小魏立即痛恨地發覺自己暗暗在她身上尋找那個陌生女子的影子。然而，這影子一點痕跡都不存在了，她完全就是那個無可救藥的，熟悉的嚴芸，太熟悉了。這麼一個固執遲鈍的人，怎麼可能容納一些些外來的新奇？

那一車東西堆是堆得蠻高，其實只是一大包衛生紙，一大包衛生綿，一桶洗潔精。

小魏倦容滿面地看了手推車一眼：

「就這幾樣東西，你要花一個多小時去買？」

嚴芸不睬他，自顧自把衛生紙、衛生綿一袋一袋連拖帶拉塞進後座。在小魏的冷眼之下，嚴芸格外冷靜、堅決。

她上了前座，繫上安全帶，準備要長途坐車的樣子。

「你送我去我阿姑家；上次她就吩咐了，假如我要買衛生紙，就買一大包，分她一半，這樣比較划算。」

「你阿姑住哪裡？」小魏怒聲問。

她說了一個地址。

「喂，你有沒有搞錯？」小魏再也按捺不住，把臉逼到她鼻子前：「那可是要繞好大一個圈子，是鄉下耶！」

她根本不閃避，瞪眼回望著他。

「所以才要你送我去。我自己騎摩托車要騎死我了！」

不過，她倒加了一句話，表示她的讓步：

「你打個電話給你老婆吧，隨便編個理由，告訴她你沒那麼早回去就行了。」

小魏拉回身子，鄙視她到極點地，決心再也不看她一眼。他把車子開出來。這時天色早已大暗，這一帶是鬧區，燈光燦爛輝煌得眼花繚亂。

「你不打電話給你老婆？」

小魏不作聲。隔了一會，她忍不住又說：

「我問你話，——為你好，」

他怒氣沖沖地：

「不必你費心！我早打過了！」

她突然一笑，露出牙齒，映著嘩然一片的街燈，閃閃發光，非常詭異。

「我就知道你會打。」

他莫名地覺得狼狽不堪，臉又脹紅起來。幸而這時他們轉進了一條岔道，燈光不如方才那樣閃耀逼人了。

半小時的車程之後，他們開進了一片鄉野，小小的柏油路兩邊蔓延著漆黑不辨的農田。

嚴芸一路指點，把他們帶到一個小村落。又前進了幾分鐘，嚴芸終於說：

「前面就是，我們到了。」

是一棟三樓透天厝，窗口射出燈光。嚴芸到後座窸窸窣窣撕開了塑膠袋，一包一包地抽出半袋衛生紙，抱在胸前，向小魏說：

「我一下就回來，不會——」

「不會超過半小時！」小魏煩透了地說；頭都不抬：怎麼他就會被這種瑣碎事纏住；怎麼——

嚴芸突然空出一隻手，勾起指尖在他額門上戳了一下，探過臉來，貼著他的耳根：

「這次一定不會超過十分鐘。」

轉身就向黑暗中走去。小魏一輩子不曾有人——包括他的爸媽——指著他的鼻子罵他笨；這戳來的一指卻是直接明白，毫不忌諱地大聲說著：你這個大笨蛋！

她一會兒就從黑暗中出現了，絕對沒有超過五分鐘：他還沒有從他莫名其妙的屈辱中恢復過來。

她拉開車門，上了車。

「我阿姑留我們吃晚飯，」她輕輕呼著氣說：「我替你回掉了。」我替你回掉了——另一層意思就是：她為他作了決定；她為他作主。她又深呼吸了一下：

「好了，沒事了，送我回家罷。」

這開門關門，呼氣吸氣，一連串動作，催動了一股濃郁的水果香，直接撲進了小魏的鼻腔：是那種會立刻讓你置身異境的香氣。但這迷惑不難澄清，小魏很快就聯想起黃箭口香糖的氣味。他偷瞄了她一眼，她的嘴果然在微微嚼動著。記憶中，嚴芸從來沒有嚼過口香糖。

車子往來時的路開去，不一會連路燈都沒了。嚴芸不時傾著身子，從前窗向上仰望；又歪著頭從側窗探頭出去向上看。

「你安份點好不好？這很危險耶！」小魏不客氣地斥責著。

「我在看月亮！今天是陰曆幾號了？月亮這麼亮！」

透明黑的夜空，片雲不見，靜靜地懸著一輪半月。涼白的銀光水瀉下來，安靜極了，像是連引擎的哼哼聲都為了月色變得極其謹慎小心起來。

一絲絨毛般的暖氣，輕輕撫過小魏的右臉頰，接著，餵過來一篷濃濃的水果香。

「好美！」

貼著他的耳邊，是嚴芸輕輕的嘆賞。

他毛骨悚然。微偏了頭要躲開去，卻驀地觸到了兩片暖暖濕濕的嘴唇。然後，他右半邊就全部熱起來；全部被某種陌生的柔軟包圍。他用那種清楚、理智、精確的判斷力，卻費力地做出了這麼一個淺顯而白痴的判斷：這就是嚴芸的全身；她全部的柔軟。

他長嘆了一口氣，把車停在路邊，熄了火。夜的寂靜從引擎聲讓開的一線空隙，奔騰洶湧灌了進來，堵塞在四周。什麼都被堵住；什麼都沒有了。

「你要怎麼樣？你到底要怎麼樣？」

這句話在荒野裡是驚人的響。耳邊盪起嚴芸霧一般朦朧的聲音：

「告訴我，你看了那些照片了，是不是？……」

不等回話，她執意地追問：

「告訴我，告訴我，你是不是看過那些照片了，是不是看過……是不是？是不是？……」

小魏一反身，抓住她的肩膀：

「是哦，看過了，看過了，每一張我都看過了，你要怎樣？你要怎樣……？」兩隻手再也停不下來；整個身子再也停不下來：

「……是不是這樣……是不是這樣……」

此後就是一個夢的無限延長。小魏在這普天下一致的夢境裡，萬能而甜蜜地，不費吹灰之力克服了萬難。然而，難堪的是，卻又如在夢中尿了床，老天啊，那種不盡的黏稠污濕，他卻怎麼也起不了床來把污穢清除。

他把尿床的感覺說給她聽，她笑得瘋了過去，——笑得露出牙齦，特別是大門牙上面那一排，全露了出來。他默然無語；絕望堵黑了他的兩眼，看不見出路。她不懂。問題的根本是，他沒有辦法讓她懂。

「幹嗎笑成這樣？」他煩惱地說。他白白胖胖的，像一個傻小子一樣無助。

她出其不意，探手摸了一下他的褲襠。

「你幹嗎？」他吃了一驚。

「好玩呀，」她大笑著說：「我看你真尿濕了沒有……」

在她大笑的時候，她兩眼卻奇特地不動聲色，從隱藏的哪個角落裡，向小魏刺探著，彷彿在為心裡頭的疑問尋求答案；是一種粗鹵無禮的好奇，像大伸大縮，蛇的舌信，充滿著偷竊般靈巧的大膽。他記得就是在這雙眼睛裡，他見過——或者感覺過——類似的汗毛直豎的不愉快，卻記不起來是在什麼時候、在哪裡。

這天他們是在汽車賓館會面。每次見面地點都是由嚴芸來選定的；她選定了才告訴他。她在這方面一點不笨，選的地方既安全又舒適，所以每次小魏一進到那地方就會立即原諒她可恨的獨霸；忘了一開頭自己心中的不情願。

小魏指著電視機旁茶几上的一個花瓶：

「小心，這裡面藏了有針孔攝影機！」

「你怕被拍了下來？」

「該怕的應該是你！」這句話的可怕在於它的淺顯易懂，一刀下去便可見血。

「你才怕！」她本能地反擊著。

嚴芸收起了笑容；顴骨邊的凹痕又兇狠地現了出來。

「好，我怕！我們都該怕，所以不要亂開玩笑了吧！」

她轉臉向窗，半天不說話。她在想什麼——她居然在想什麼！不知為什麼，這發現帶出不祥的兆頭。

「小魏，」她說：「我有一句話要問你。」

「什麼話？」他看她一眼；不敢停留，目光移向別處。

半天，她抿了一下嘴，出來的不是笑容，是一種決心。她說：

「以後再說吧。」

像深藍如墨的洶湧浪頭，不祥的預兆湧起來又消褪了。但是他知道自己是走在一條崎嶇不平的路上；一條越走越窄的小巷，轉身都難，他真不曉得該怎麼走下去。

他很快就又遇到嚴芸躲在角落裡向他刺探的眼神，終於弄清楚是什麼東西讓他不自在。

是在一間金碧輝煌得不合理的小套房裡，那一對眼睛回到了她臉上：是一對從外面大膽偷進來，卻仍然停留在遙遠地方的眼睛，強烈地懷疑著他。她人不見了，只剩下這一雙眼。

荒誕、滑稽又瘋狂。他像是一面在跟塑膠娃娃做，一面被窺視著。這可恥的荒謬粉碎了他小腹以下的種種銳氣。他抽身起來，不是因為挫敗，而是因為憎惡——憎惡，是他心中終於清楚起來了的不自在感覺。

「我問你，你在看什麼，看什麼？」他心裡一片紊亂潦草。

「我？沒有呀。我看什麼？好笑！」她無辜地說。

但是她快速穿衣的樣子，不是明白表示了那句話：你到底完事了！

「我跟你講哦，嚴芸，」他狠狠地：「以後你要是再這樣子，別想我再跟你出來！」

「我？什麼樣子？莫名其妙！」她說：「不出來就不出來，誰稀罕，你兇什麼！」

然而，她的確是在發問。她在問什麼，她到底想要發現什麼？

他們冷淡了一陣子。公司最近不出貨也不進貨了——小魏跟家裡這樣說，每天早早回家。上班時間，他則是大半個上午、整個下午都在外面。上午進公司的時間總在十點多，微紅著臉，一看就是酒後的顏色；動作裡一點亢奮，也是微醺的刺激。除了這些習見的喝酒的後遺，他看上去還有些亂糟糟的，總像什麼地方不夠整潔，也許是留得太長的頭髮、沒有刮乾淨的鬍渣子，等等，等等。

嚴芸在辦公室守得極緊，哪兒也沒有去。她既然是公司的棄兒，她索性誰也不答理。她彷彿收縮了起來，收縮得又濃又小又硬，像路邊一顆沒人理睬的小石子。

莊董經常出差到國外。他每次出國照例都要十來天之久。對我們來說，老闆不在家，大家放小假，那十幾天通常是我們最快樂的日子。汪先生每天早上會道貌岸然地亮一下相，下幾道命令，但看得出來，他的快樂不在我們之下，因為雖然他表現得不在意莊董——「我不像他，成天坐辦公室，我可是在外面跑的！」看見他，我們就會想起這句話——，其實莊董在他是一根看不見的芒刺。他不在家，芒刺消失了。我們總覺得莊董出差那一段日子，汪先生變得越發腫大，眼睛、鼻子、嘴唇全都加倍厚了起來。

那時鮑副總偶而會來公司；他是客卿身分，既沒有事他可專管，他也不便多管。他平時常跟年齡相近的費先生閒談——就坐在裝修之前的漆黑會客室的沙發上。莊董不在，他們更常在一起。有好幾次他們好像在密談，有時聲浪溢出會客室的黑暗範圍，聽上去，鮑副總的聲浪乘載著某種激憤。到後來，傳言加推想，我們終於也多少知曉了他們談話的內容。

「安那」每天也會來公司。他以合夥人的身分來公司「看一看」自然是明正言順的事，然而，極奇怪的是，他每次出現都帶著一種刺探的表情，眼睛四處搜尋，像是他不在公司的時間裡斷然有祕密產生，他要利用自己的機敏，把祕密發掘出來。

這些都無關緊要。大致說來，老闆不在家，我們是自由自在；我們是快樂的。

這天下午下班以後，小魏一個人坐在費爾泰的電腦前，打一份貨品檢驗報告。辦公室都走空了。費爾泰的專用電腦是新買的，所以只要費爾泰不在或不用，小魏有大型報告，他就會借來使用。

旁邊的行動電話又響又震動起來。他揭開覆蓋。一聽便知是嚴芸，他卻故意喂了一聲說：找哪位？

「我知道你一個人在辦公室，別裝了，你可以大聲一點講話！」

非常凌厲的進攻口吻。

「我本來就是一個人在辦公室呀，我在忙呀，」他說；也是理直氣壯地。

「能不能出來一下？」

「我跟你說我在忙，還不知道要加班到幾點呢，怎麼出去？」他越發理直氣壯地。

「那好，」話機裡出現很寬心的語調：「你不能出來，那我進來好了！」

紗門呀地一聲推了開來，嚴芸一腳跨進，手機還貼在右耳。原來她就站在大門外跟小魏打電話。他把手機一關，丟在桌上。眼睛垂下來，清楚地曉得自己是在避開她一傾一傾向前走來的拚命樣子。

嚴芸想必是回了家又出來的，因為她兩手空空，連個隨手小錢包也沒有。她拉了一張椅子，坐下來，兩腳往後一撐，裝了滑輪的椅子骨碌一聲直滑到小魏身邊也還停不住，兩隻膝蓋衝進來，緊緊抵住他的大腿。

她探過頭望了一眼螢幕。

「一天不見人影，這時候倒忙起來了，」

他說：

「拜託！能不能讓我把這個報告打完？」

「說說話也不礙事，」

膝蓋還緊頂著他的大腿，沒有放鬆的打算，逐漸形成一種戲謔的挑釁。嚴芸膝蓋的堅硬和堅持引起的猥褻的狎暱，是一道驚閃不斷的電擊。小魏見過她的一切，卻從來沒有對她的膝蓋有過認識。

他不睬她，只顧在鍵盤上敲打。

從她身上淡淡地送來一陣香。他聚攏了嗅覺去捕捉：大幸那不是黃箭口香糖的水果香。想來她是回去洗過澡出來的，那是很熟悉的什麼牌子的沐浴乳香味。

小魏手停放在鍵盤上：

「你一定要靠得這樣近嗎？我在加班耶！」

他向一旁挪了一挪，卻給出了空檔讓兩隻膝蓋頂得越發進來。粗暴的親密，——她探手到他褲襠一摸說我看看你真尿濕了沒——這種親密。

還沒有從這幻覺驚醒過來，小魏的——費爾泰的——旋轉座椅被猛然一轉，他從面對電腦的方向乍然九十度右旋，面對了面目兇狠的嚴芸，——因為她顴骨旁又深深出現兩道凹痕；因為她狠狠盯著他的兩眼：

「是，我就是要你加班！」

她呼了一口氣，又說：

「不過，我要問清楚一句話，」

眼睛突然出現軟亮的光芒。突然，小魏看到那對遙遠的眼睛回到了她臉上，做夢似地卻堅決地向他搜尋過來。

「我只問你，」她抓住小魏座椅的把手，生怕他真的棄椅而逃：「我只問你：你愛不愛我？」

「什麼，你說什麼？」他不懂地問。

「你愛不愛我，你愛不愛我？」

脆弱、虛偽、荒謬得可怕，一碰就會碎掉似地。他閉住氣，說不出話來。

「喂，我問你，你說話哦！」

小魏長喘了一口氣，軟弱地說：

「嚴芸，你要我說這話肉麻不肉麻？」

「做都不肉麻，說就肉麻了？」質問的目光更堅定，意義更明確。

小魏宛如在溜滑梯，一溜到底。嚴芸閃電伸來一隻手，火暴地握住他的手掌，讓小魏動彈不得；然後她蠻橫地把他的手拉向她自己，先是按向她的胸口：

「你是愛我這裡……」

握緊他的手，慢慢向上移動，到達了軟綿一堆的所在；衣服裡面什麼都沒有，只有軟綿綿一團。那不是暴怒的挺起，只是無辜的本能的彈跳：

「還是愛我這裡……還是……」

手被往下拉，貼著跳動的胸口，一路下去，那是崎嶇不平的肋骨；是凹陷的肚臍；是……停在小腹溫暖的下面。她嗆了一口氣，小腹跟著急促地一抖；他貼膚地感觸到她每一寸皮膚的跳動：

「……還是，還是……還是這裡……」

小魏迷迷糊糊不曉得自己在說什麼：

「都愛呵……都愛……」

嚴芸皺出苛刻的兩道眉，急躁地催趕著他：

「沒有用的，光說沒有用的，你寫下來，你寫，你寫呵……」

她鬆開他的手，從桌上的拍紙簿扯下一頁，推到小魏面前：

「你寫，你寫呵！」

其實，在她的手一鬆開他的時候，他就已經能夠清楚思考，所以他才能夠選擇寫的方式：選擇流利地寫、不受拘束地寫，最後是寫下帶點流氣的幾個字：

我愛你

嚴芸幾乎看都沒有看，不住地只是催促：

「寫呵，你寫呵！」

因此小魏又更流氣地寫下了另外兩行。嚴芸拿起紙條，湊到日光枱燈前看得很仔細，似乎是看不懂；又似乎是一下子就看完了。兩道眉又兇狠地皺起來，更苛刻、更不滿足地；但是她不再說什麼。她隨手把紙條往桌上一丟，彷彿那張紙條已經不重要了。

她閉上眼睛，準備好了似地：

「我就在這裡，來吧！」

小魏在她閉上眼的一剎那，伸手檢起桌上的紙條，五指一握，把紙條揉成一團，塞在電腦下面。然後，就在椅子上——費爾泰的椅子上——他覆習著他看過的每一張照片，把她澈底摧毀。

這就是第二天早上，費爾泰在電腦桌上找到的那張紙條。他在他們倆進辦公室那一刻，丟進字紙簍去了。

三、哀傷的救贖

在合作案進行得極其昂奮，卻又高度可疑的情況下，老約翰在我們強力邀請下，再度飛來跟我們會談。他來的前幾天，公司幾個重要人物在鮑副總眉開眼笑稱之為「沙盤推演」的討論下，有一些爭執。我們能聽到的不多，全跟股金有關。普天之下，哪一家公司不會為錢紛　的？那時鮑副總還不曾正式上班，那幾天他天天都來公司，笑容滿面，禮貌週全。他小心謹慎，極精練地這樣展開話題：

「約翰這次來，我們一定要把整個計畫全盤都來詳細討論一下，因為以後就是執行了，所以該要事先做的，都要做好。」

他們針對這一點小聲討論了很久。再度熱烈起來的話題，就是股金了，因為嗓門開始升高，大家都聽得見。

「約翰那一方面的資金，我們當然希望他早些入帳，」莊董沉著地說：「他也會問到我們的。我們自己是不是也該把帳做出來給人家看？」

可想而知，「安那」是怎樣機警地四處觀望。他是要先確定莊董的話在大家心中的效應，才進而決定他自己的態度。不過，他大概沒有找到他眼睛可以棲息的臉或表情。他目光飄移不定，最後只好選擇面對莊董的話：

「當然喏，股金遲早是要進來的，問題是……」

莊董顯然下了決心不容他閃避，硬生生截住他的話：

「不是遲早，現在就要。公司已經墊了不少錢，不能老是墊呵，嘿嘿……」

可想而知，莊董是怎樣兩眼下垂，看著鼻尖；而氣氛僵硬　尬起來之後，鮑副總又怎樣柔軟地插身進來化解；為了展顯他的功力，他怎樣微微駝起背，仰起下巴，把脖子縮得短短的，然後，蜜裡調油似的，把臉上推心置腹的笑容展延到極致，似乎要把笑聲擠進每一個空隙裡去：

「不會啦，我們親家還會有什麼問題的，對不對？就在最近，就在最近！」

可是趙祖安一任鮑副總的笑語拂體而過，一絲汗毛都不讓碰到：

「問題不會有的；我們也要看約翰怎麼說。合作、合作，合作是雙方面的事嘛！」

鮑副總笑眯眯地說：

「我們定出一個腹案也好呀，比如說到幾月底我們都要出足五十扒資金……」

「再看看嘛，再看看嘛。」

這是機靈圓滑後面的強硬，大家都感覺到了。「安那」在莊董冷淡的應對下，走出辦公室。鮑副總跟莊董默然相對了一會，鮑副總說：

「我再跟他協調，給他一點壓力，給他一點壓力！」

想必是在這個時候，他們正式談到要鮑副總過來上班的問題。不能就這樣放縱「安那」，這是莊董的話。

「看約翰這次談得怎麼樣再說，也看看『安那』還會變些什麼花樣！」

鮑副總露出信心十足的挑戰語氣。

老約翰來訪的那一個禮拜，他們每天一大早便到他下榻的飯店去開會。他們一個步驟一個步驟、一個細節一個細節地討論合作案。在已經執行的部分，他們也詳細檢討。

趙祖安變得特別挑剔、特別不容易滿意。他提出尖刻的問題，老約翰答不出，他就微微搖頭，用閩南語說：「安呢妹賽啦！」

沒有人挑得出「安那」的毛病；沒有人認為他不該問；他其實什麼都沒有做錯，然而可怪的是，他使得每一個人都不安；每一個人都忐忑地覺得他暗中有什麼可疑的心計。

老約翰的來訪其實沒有實際上的助益。該討論的，該推敲的，費爾泰都早在電話裡跟他交談過。他來這裡是給公司進一步心裡補強：現在已經是退無可退，只有奮勇向前了。莊董正式要鮑副總來上班，對合作案全面近身監督；沒有明說的一句話是：監督趙祖安。

鮑副總嚴肅地、蓄勢待發地說：

「我將來是會很強勢的，——很強勢的！」

趙祖安在一個陽光明麗的上午，春風滿面地帶來一張電匯單給莊董：

「這是一部分，其他的我調撥調撥會再匯進來！」

若無其事地一筆帶過，卻給鮑副總上足了勁。他的背又駝了起來，懇切、真摯，熱情畢露地拍著「安那」的肩：

「我就知道我們親家早有準備、早有計畫的！這回老約翰沒話好說了，安啦！」

他特意縐起眉頭——這芝麻小事也值得煩惱嗎？

「親家，你就等著來數鈔票吧！」

莊董對鮑副總氾濫的樂觀，以及他就地取材、大量生產的信心，並沒有過份重視，因為莊董一直垂著兩眼，盯在自己胸前。這，倒讓趙祖安的故作清淡現出了原形似地，有點坐不住，閒聊了幾句，告辭走了。

然而，這終究表示了趙祖安的不願割捨，他對合作案是有期待的。莊董認定了這一點，因此以他的沉著扳回了一城，——卻毫不留情面地把鮑副總虛飄飄，漫無目標的樂觀丟進了垃圾桶裡去。

合作案之外，「黎園」的進出口業務出奇暢旺。費爾泰忙得不可開交，他是對外的窗口，由外而內，有兩個人因而終日忙得不見人影：汪先生和小魏。汪先生忙在什麼地方是可疑的；小魏則因出貨、進貨而忙。兩個人出現在公司時的共同特徵是面帶酒紅；近乎自戀的自我膨脹，彷彿沒有他們，什麼都做不成了。

合作案在不確定的緊繃中昂奮挺進；進出口業務高速成長，眼前的榮景是前所未有的。看樣子，今年的尾牙沒有理由不好好慶祝一下。

小魏的自我膨脹在另一種情況下格外不同，別人無所覺，費爾泰一定是一眼便區別得出來的，因為他看過那張字條，而且替他們把它淹滅掉了。

是在嚴芸的面前，小魏顯出異樣。他的自我膨脹在掩飾著什麼，而掩飾的對象就是嚴芸。他刻意跟她保持距離——若即若離——但是他的眼風在他自我膨脹的大動作覆蓋下，不時會飛向她那個方向一掃，不是去跟她熔接，是去築起一垛警戒的高牆。

令人不解的是，這若即若離也出現在嚴芸這一邊，而且還加上明確的高不可攀，弄不清那是有含義的思索，還是愚昧的麻木；總之，那時的嚴芸是難測的。小魏對這一點十分警覺，加意防範。在他醉眼的一進一退之間，他不經意地洩露著他沉在心底的担憂。

她很少跟小魏同進同出了，這個改變非常挑釁，像是她把小魏叫出去痛罵了一頓，然後放掉他。小魏開始有時候故意去找她搭訕——是在打探什麼嗎？——露出認錯的、討好的神情。

不過，嚴芸沒有任何舉動，——一點點懲罰他、揭發他的意圖都看不出來。彷彿她就這樣簡簡單單放過小魏了。或者，一如冷眼旁觀的費爾泰心裡頭的納悶：難道是嚴芸主動對白白胖胖的小魏失去了興致；對他乏味到了極點嗎？

鮑副總正式上班以來，每天早上九點多十點到公司，在小魏跟嚴芸之後。他手提公事包，呀的一聲拉開紗門，微駝著背，大步走進來。他是在那種誠懇、謙虛的心情中；這一點是誤認不了的，因為只要他微駝了背，奉獻出全身的樣子，他一定是在這種心情中。

而這時候的費爾泰已經開始他的例行工作了：他煮了咖啡，上了音樂網站。所以早期那一段日子，每天早上他一進公司，除了微駝的背、臉部神經滿滿浮載著笑意之外，他一定會附送一句話：

「喔，我們公司『氣氛』真好，有咖啡喝，有音樂聽！」

他說「氣氛」兩個字的特殊語氣，帶出來的奉承，會使得費爾泰汗毛都豎了起來。

跟其他新進員工一樣，鮑副總不例外地成了大家暗中觀察的對象。我們注意到他每天都會重複幾個習慣動作：首先他會一絲不茍地擦拭桌上的灰塵；接著就搬動桌角幾本書，然後照原樣重新堆放整齊。他一成不變地這樣開始他的每一天。

這些當然逃不過費經理的眼睛。他以他自己的方式檢驗著鮑副總的瑣碎。

鮑副總進來之後不久，就是大家暗中期盼的惠儀進來。

惠儀是在鮑副總進公司之前，應徵來的。從一開頭，她就以她的聲音製造了她別緻的印象。輕柔、甜膩；加上一點點鼻音，非常肉感，一下子就蠱惑著我們。

記得她正式上班那天中午，為了迎新，大家決議去外面吃午飯。小魏開了公司的大車，載滿了一車人。年長的費爾泰坐在前座；從後座飄來的笑語充滿著車廂，幾乎全是她的美聲，因為她在說笑話。

她的確是在說笑話，卻沒有人記得她說了什麼，全被她生動的形容、恰恰好、又放得極開的用語，輕輕巧巧地迷惑住了。前座的費爾泰回轉頭來，露出那樣的微笑，表示他是在詫異中充分享受著她的笑語。

這還真令人驚異，因為這美聲居然就是從那個瘦弱小女人發出來的：這小女人第一天來應徵時，一身大了一號的套裝，透射著勇敢面對緊張時，有點失措的孤單。如今她具體地在後面，那麼自然，那麼有趣，像是你無意間推開窗戶，一片繽紛花園乍然湧現在你眼前。

在餐廳裡的惠儀也還是那麼瘦弱、迷濛黯淡的，然而花園的籬笆拆除了，你可以放膽在那一片繽紛中奔馳。費爾泰雖然驚詫而迷惑，他投向她的眼光卻越來越自由；越來越不捨。

線條明顯的臉部輪廓，血色不足，是一種單薄脆弱而多變的蒼白。兩頰和嘴唇抿露著快樂的笑。她是快樂的。

她快樂地吃著東西，一點都不矜持，純真直率地表達她的好胃口。就是為了這麼個簡單原因——她的好胃口；她的不拘謹——費爾泰只是望著她，非常著迷的樣子。

「你那麼窈窕，真可以多吃一點！」他笑著說，不在乎大家都在聽。

燦爛的笑容；她輕柔地說：

「我很能吃呢，」

她遲疑了一下，笑得更歡暢：

「以前我很胖的，現在瘦些了！」

她兩手撫著面頰，有點懷疑自己的話：

「我瘦嗎？」

費爾泰微笑地看著她：

「瘦得可以多吃一點！」

她凝神想了一會，然後更加輕柔地：

「謝謝！」

彷彿她在考慮是不是要矜持——或者防備——一下，但是馬上決定放棄那個思想。她向他誠懇地一笑，毫不羞澀地低下頭來，重新開始享受美食。那天吃的是海鮮自助餐，有極新鮮的大蝦、螃蟹等等。

她凝神思索之後，故意吝惜地，單獨給他的一笑，是那麼動人，擊潰了費爾泰的持重，讓他放肆地覺得他們倆那一刻是真的獨佔這個世界的。

對費爾泰來說，如果只是她的快樂、她的誠懇、他們單獨存在的一瞬，——如果只是為了這些，日後他大可不必不停地自我反省。他反省，似乎因為他發現自己那麼容易在倏忽間就瀕臨危險邊緣；而且，他是以慫恿替代預防，來面對危險。譬如這天早上，惠儀一進來，他就一腳站在懸崖邊，危險就在腳下；一陣顫慄的刺激傳遍全身。他立刻如脫韁的馬，向無邊的原野奔去。他潛聲接近目標，撥動手指，一片片剝開筍衣，欺向嫩白的中心。

但是，這天早上一如最近常常重複的狀況，正當他尖銳精進的時候，干擾便進來，他便突然被壓縮，一下子失去自由揮洒的空間——有什麼人彈跳到他們這邊來了。在這人身體來到之前，他臉上火焰一般熾熱的關切，就燒進了費爾泰跟惠儀中間。

這人昂著後腦勺，微駝著背；他全心投入，雙眉緊鎖，憂心體貼地問出他今天的問題：

「惠儀，怎麼樣，好點沒有？」

費爾泰大概就是這樣完全被擠了出去，——因為他要問惠儀的話，正好是被鮑副總搶先問去的話。鮑副總暴動般的出現，是平空築起的一道藩籬，簡直是要把他圈離在外。他把費爾泰最深層的憎惡啟動，逼著費爾泰向避嫌的反方向全面退卻，——一如被擠了出去。

這之前可不是這樣的。費爾泰靈魂中那匹祕密的脫韁之馬，在細膩的矯飾下，一躍而出，直接奔進了那片原野；沒有來自惠儀的意志的遏阻，沒有來自她柔軟身體的抗力，他縱橫在危險的遊戲之中，發展出一套自我爭執的邏輯：他先建立他們之間「什麼都不會發生」的堅強信心，然後加以顛覆，確信各種「可能性」的存在；然後他把堅決的信念設定在他可以澈底掌控自己的能力上，因此這又是「什麼都不會發生」的理論基礎，最終變成一種顫慄的感動，竟能把他自己拉遠到暴風圈之外，成為觀看她與他自己的旁觀者。而如今，竟抵不過鮑副總的一躬背、一蹙眉，他的邏輯就完全錯亂了。

惠儀那一陣經常感冒，嚴重一點她便會請一兩天假。——所以鮑副總才會在那天早上衝到她面前，問她：你好點沒有？——病癒回來的惠儀，一身慵懶，沒有塗抹口紅的兩唇是蒼白的；憔悴全部浮現在臉上；她柔軟多汁那一部分縮進了硬線條的輪廓裡去。

中午她就會睡在長沙發上休息。

她直直躺在沙發上，披蓋著一件衣服或薄被單，但是露出了一雙裸足。那是一雙坦白、沒有心機、好瘦削的一雙蒼白的裸足，讓人奇特地聯想到清湯掛麵那一類簡單明白、十分清淡的東西。

那時的費爾泰想必是在面對這簡明清淡之時，取得了一個平衡點，防止了他嚴重向一方傾斜。而他發覺，就這樣維持這微妙的平衡，顯然又是另一類享受：你可以欣賞美景，卻避開了冒險的可能；那美景跟你有一線相通，你並非全然無關的局外人，透過這相通的一線，運來一絲溫暖，讓你舒適安全得可以肆無忌憚，又不用擔心失控——因為當你要保持距離的時候，是你在遠離她，不是她在疏離你。於是這個平衡點成了他自己那套理論的強力佐證。

至於惠儀，無論置她在什麼情境下，她似乎永遠不會距你在千里之外。有時她簡直是小鳥依人一樣貼近你，製造一些細小的接觸，似有意若無意。你猜不透這是她無邪的胸懷不經意撒落的小動作，還是經過她細密的思維精心設計出來的。你會碰觸到她修長柔細的手指，你幾乎覺得就會有什麼消息經由這些細碎零落的碰觸，向你悄悄遞送過來，然而一剎那又神祕地隱身而去。你會感覺她飄動的衣服下襬在輕觸你身體什麼部分，你可以輕易極了地一下就熨貼上去，然而在她輕輕飄拂的衣襬裡，又似有意若無意向你開放著那令人敬畏的坦白、體貼、親切，讓你高度自律起來。

從她上班的第一天，她的外貌給人的迷惑就難於解釋：她不漂亮——特別在她疲倦或生病，臉部出現堅硬線條的時候。然而她卻對每一個人散發著魅惑。

惠儀呈現的是一種複雜的美感；是從「不美」之中掙扎、淨化出來的多角度的美，一如她的柔軟是從堅硬中掙扎著，最後才雍容大度地伸展出來。這種美的濃郁，加上那些不利因素的影響，你一開頭只是不自覺地被迷惑卻不能理解；得要有一種無情的深刻、祕密的邪惡，——得像費爾泰那樣——才能撥開枝節，探入深處，析出甜美的汁液，終至於撥雲見日，看清那迷惑你的，原來是這難解的異類風味的美。

鮑副總搶去了費爾泰要問的話，給費爾泰冷冷的一擊，把他禁錮起來。那麼他對鮑副總瑣碎動作的嚴格檢驗，算不算是他潛意識的反擊呢？

不管那是不是反擊，自從干擾變成不定時的威脅之後，他對鮑副總的批判便成為他不能克制的魔念。

譬如，他為了弄清鮑副總俯首桌面的可疑動作，趁鮑副總外出，繞到他桌前，看見桌面一張紙上重複畫滿了人頭像，——沒有疑問，這就是鮑副總埋頭工作的成果。費爾泰確證了鮑副總的瑣碎無聊。

譬如，為了發掘鮑副總狂熱工作的祕密，費爾泰像小偷一般潛近他的字紙簍，檢起鮑副總丟進去的一張花俏圖紙。而那只是一張大賣場促銷商品的海報；有些產品被紅筆直直地，一絲不苟刻上底線，像是鮑副總對著它們認真地承諾著：我一定會買你們！

真相大白後的滑稽，把費爾泰從他鄙吝的那一面解脫；他的寬宏諒解全部被喚醒了。他遠遠地，快樂又同情地看著鮑富總怎樣慇懃地替走在前面的女孩子——即或她是嚴芸——開門，以便於更順理成章地替惠儀開門。

至於我們呢，則由此見識了費經理性格的難於定義，不得不模棱兩可地說，「他是這樣一個人；又不是這樣一個人」。

鮑副總搶去了費爾泰的第一句問話，全身振奮地正要繼續說下去，費爾泰橫身擋住了鮑副總；目光柔柔，看著惠儀，關切地：

「惠儀，你瘦了，」

生病回來的她，臉色蒼白，步履遲緩；衣服穿得很嚴謹，十分柔軟去掉了五分。她孱弱地笑了笑，在費爾泰關注眼光的籠罩下，娓娓說起治療的經過。

即使在費爾泰的全力護衛下，也還是抵擋不住鮑副總的突破，他冒冒失失、興興頭頭地擠了進來；一插進來就滔滔不絕地發表他養生健身的宏論。他說得這樣細密、瑣碎、這樣毫無保留的熱誠獻身，像是為了你他隨時可以犧牲自己。

這貼身的防不勝防；無時無刻不在的莽莽撞撞，煩惱著費爾泰，他幾乎又要放棄他的寬宏大度，重新開啟他卑劣的那一面了，幸而有全新的惠儀適時出現。——渡過了她的蒼白和孱弱，全新的惠儀以她的紅潤和柔軟，無意中搭救了費爾泰。

那一天，那一陣子特別多話的鮑副總正隔著費爾泰的桌子跟他說話。煥然一新，容光鮮麗的惠儀走過來，繞到費爾泰椅子後面，蹲下來伸手進到他電腦桌下尋找影印紙，緊挨著費爾泰。這毫不掩飾的大方，透露著鮮明的親暱。鮑副總兩眼突然銳利起來；而費爾泰露出了微笑，得體而毫不遲疑地打斷了鮑副總的話頭；側身彎腰，低下了頭，跟惠儀一樣光明正大，伸出右手拍了拍蹲在他膝蓋旁的惠儀的肩，以那種彷彿只有他跟她兩人才能意會的輕柔說：

「惠儀，」

然後悄悄地，卻足以讓人聽得見地跟她閒閒說了幾句話。私密的氣氛不僅僅圍繞在他們倆之間，而是公開地向外蔓延，侵略到鮑副總面前。

鮑副總的兩眼緊跟著費爾泰拍向惠儀肩上的手轉動；他的臉臃腫起來，浮起一層笨重巨大的表情，被掛在臉上的眼鏡片擋住，進出不得。

於是，勝利的費經理，又寬宏慷慨起來，全面體諒了鮑副總在那一段日子呈現出來的窘境：——他根本無力召喚他的「強勢」；他像逃兵一般在逃避他的誓言。

費爾泰真心同情著鮑副總散亂的零碎；他如火花一閃就滅、漫無目的的熱情獻身⋯⋯等等。

就這樣，是惠儀，是她，排除了無關的枝枝節節，以她的親暱和大方，為費爾泰開啟了另一扇門。絨毛一般綿柔，她輕觸著他，默引著他走向這個異樣的世界，一個純淨透明，至善至美的世界。

然而，那世界的完美卻終至於令費爾泰感動到不忍。他渴望脫身離去，——因為離去，他才能根絕從純美之中發現瑕疵的恐懼。這就是專屬於費爾泰這個人的，帶一點潔癖的「幸福」。

是惠儀，是她的誠懇和善良，讓她意識到了隱隱來自費爾泰那個方向，某種她不太能懂的迷矇的複雜；不懂，但她溫柔包容地採取了諒解的態度。

鮑副總突然忙碌了起來。他的零星瑣碎被梳理整齊，朝向一個方向：這一次他似乎真的有了一個目標。他精神十足，一會兒跑來問惠儀要這個那個資料；一會兒抱出一大堆卷宗，堆放在桌上把他的頭臉都遮住了。他會在他築起的小圍牆內埋首好半天，然後就站起身走出去，從費爾泰前面；微微駝起背，後腦勺微仰，快步往前走。這是他標準的捨身為人的姿勢；這幾天，他還加上了微蹙的雙眉，似乎由於剛才的獻身工作，他體認到任重道遠的嚴肅。

他開始頻頻接近惠儀。他先是大聲對著全辦公室說他「很不好意思」，到現在他都還不會用電腦，所以又「很不好意思」，要來「煩」惠儀「幫幫忙」，「有空的時候」替他打幾份文件。惠儀沒有拒絕──她當然不能──。她柔婉善良的笑容道出了她對鮑副總的寬宏諒解。至於對大家，她大方無憾地暗示著她是全然自由的；她隨時可以做她想做的事。

鮑副總請惠儀打的文件不止「幾份」，而是好多份，每一份好多頁。每一份打完初稿，他便仔細校對──這才真叫校對──一個字一個字。錯字校對完了，更正段落。段落的更改往往在重打之後才發生，惠儀便得再打一次。他熱情有禮地謝謝惠儀；但是臉上的遺憾之色，表示仍然有不滿意的地方。這是一種永恆的不滿意，是叮叮噹噹掛滿他一身的零星瑣碎的一部分。

報告終於完成，鮑副總露出高昂的鬥志，懇切拜託惠儀在電腦上替他「做」一張名片。惠儀興沖沖替他設計圖案，選擇字體──不過，這都得通過鮑副總嚴謹細密的要求。字體當然是挑了又挑，但重點在字體的顏色，他最後慎重地選定了粉紅色。「這是我的幸運色！」他快活地說。這是不錯的，因為他常穿的一件襯衫就是粉紅色。

在鮑副總做了最後決定，從惠儀手裡接過樣品，轉身離開她的時後，鮑副總露出了他全面的背部：潔白的襯衫套著微駝、窄細的上身；黑褲子緊緊包裹著瘦小的臀部⋯等等，而且全部看在費爾泰不留情的眼裡。費爾泰警覺到自己心中的快意，以及快意中的惡意；等他打算清除那惡意時，那快意卻奇怪地消失了。

把鮑副總的瑣碎統一成一個固定目標的那件事，終於明朗了。那天，鮑副總不到八點便到了公司，費爾泰詫異的問早聲，獲得一個格外禮貌的回應，表示了他不願進入細節的冷淡。鮑副總一個人開始無聲地忙碌起來：他把惠儀替他打好的報告裝釘成幾份，整齊擺放在會客室茶几上，搬來幾張椅子放在長沙發邊。他站在一旁默默端詳了好一會。

冷眼旁觀的費爾泰終於不能抗拒從沉默傳遞過來的壓廹，開口問：

「有客人來？」

「是，是，」他回轉頭，勉強向費爾泰一笑，倦容滿面：「股東，是我名下的股東⋯⋯」

「呵，」費爾泰識趣地住嘴，不過，他加了一句：「有現煮的咖啡⋯⋯」

鮑副總露出感動的樣子，加上倦容，看去十分脆弱：

「多謝，多謝！」

他像是要排開一切，只貼向費爾泰「有現煮的咖啡」那句話中溫情的這一部分；他靠得很近，彷彿要多吸吮一點那溫暖。

來了兩對年老的夫婦。步履沉緩，精神卻十分健旺。他們顯然是有備而來的，因為他們雖說跟鮑副總定然極熟，甚而有親戚關係，卻刻意忽略那一層熟稔，裝出鐵面無私的嚴峻、降尊紆貴的冷傲。

對易感的鮑副總，他們的態度一開始就是一個重擊。當他們擺著那姿勢、端著那表情進來的那一瞬，鮑副總一下子就潰敗了，顯出故事結尾的意興闌珊。——他終究還算是打起了精神，但卻銳氣盡失，像是做好了隨時收攤走路的準備。

他忙著招呼他們坐下，立刻進入主題。他把印好的資料一份一份慎重其事雙手送到他們面前；他們倒是接了下來，卻看也不看手裡的東西，只以懷疑的眼粗魯地盯著鮑副總，直截了當地從目光中逼問他有沒有欺騙他們。他們是把他當罪犯一般看待。

不必鮑副總本人，就是遙遠旁觀的局外人，也能體會他們眼中那無知而粗暴的侮辱。

那的確是沉重的壓力。鮑副總在熱帶雨林中闢路前進，孤軍奮戰。可是儘管鮑副總傾全力解說，剖開他自己，把他的懇摯、熱誠澈底展現出來，他們不聽也不看。鮑副總的賣力，只是一個瘦小無助的小孩童在無情大人面前，荒謬的夢囈。他真是孤單得可怕。

四個健壯的老人終於走了，完全沒有被說服；進來時眼中的懷疑，一分不少留在離去的眼神中，加上了一抹猜忌——這一點是給鮑副總的最後一擊。他送他們出去回來，一語不發，被一錘子打扁了似地；背完全駝了，越發窄細瘦小。他一個人默默地收拾著茶几上的資料——他們一份也沒帶走。

那天下午，他走到費爾泰桌前來，默然站立了一會，然後抬起了下頷，眼鏡片後面閃出一絲銳光，迅速又斂了回去。是一絲壓抑的憤怒光芒。

「是我的親戚，他們都是我的親戚，」他溫和而有點蒼涼地說。

費爾泰放下手裡的工作，誠懇地傾聽著。

過了好一會，鮑副總才又開了口，卻換上了帶點輕佻的自嘲口吻：

「人家幾千萬交給我運作，這麼久了，不要說紅利了，連起碼的利息都沒有分到，怎麼能怪人家……」

這件事，鮑副總說到這裡為止；費爾泰也就聽到這裡為止。

鮑副總消沉了幾天——不，不是消沉，是一種看去很「乖」的樣子。他又微駝起了背；這時，他弓起的背更加倍強調著那種謙恭、虛心、容忍。

然而，合作案那個潰爛的病灶逐漸表面化起來。老約翰那面，從原先我們推測的可能拖延，變成事實的拖延，顯然他們財務上出了問題。費爾泰從電話中聽出了老約翰的困擾，把他的印象告訴了莊董。鮑副總坐在一旁，每一個字都聽了進去。他露出憤慨的臉色，但是立即，那憤慨變成了面具，一張迅速轉化凝結、保護自己的面具；凍結在他憤慨的嘴角的，是複雜的困窘。

費爾泰裝著沒有看見鮑副總臉上的變化，緩緩說：

「我想，或許不致於就演變到太壞的地步吧，都到了這個節骨眼了，他跟我們一般，要退也退不了！」

鮑副總臉上驟然解凍，化成了極度的樂觀快活，又是「小事一樁」那一類的奔放洒脫：

「對啦，不會的啦，不會的啦，到了這個程度，老約翰拼老命也要往前趕，何況，」

他堆滿一臉的笑，朝向費爾泰：

「何況，嘻嘻，還有我們的費兄在……」

費爾泰不寒而慄——由於鮑副總的諂媚。

話是不錯，到了這個地步，雙方都不能住手。但是真實的狀況是，「黎園」為了營運，大把砸資金；老約翰那邊，据他的說法，投資不會少於我們；而回收未見開始，談什麼賺錢。

莊董鋒利地面對這個問題，擺出寸步不能移的嚴密防備姿態。鮑副總同樣嚴肅，但是，不知為什麼，忽然就跟先前的情形相似，嚴肅轉眼就又變成一張保護自己的面具。

莊董敵意的精密一向對外，他有意或潛意識地忽略了內部；而當他掃向公司內裡的時候，那個老早存在的漏洞就被探照燈強光直照，赤裸裸毫無藉口可以遮掩。一抹奇怪的羞愧之色，阻擋不住地，悄悄掩上鮑副總的臉；他窘困地等莊董說話。

莊董收縮得很緊，臉色鐵青，兩眼下垂，看著自己前胸，精細到毫釐不差，但是話語是讓人心冷的溫和：

「這『安那』是怎麼回事？好久不見他來公司，股金，股金也沒匯進來……」

鮑副總縐起眉頭，容忍到了盡頭的樣子：

「是呀，這個人真皮……」

莊董一刀一刀刻出他的精準：

「兩個月前，他的部分就該進來了，我一直在替他墊款呢，要是他還不匯來，我要算他的利息了！」

「要囉，當然要囉……」

鮑副總眉頭鎖得更緊——是可忍，熟不可忍：

「我會跟他聯絡，我會跟他聯絡……」

他露出使他看去更瘦的倦容。彷彿消耗殆盡，再下去就要探底；就要探觸到他赤裸的血肉。

「安那」是不是就該鮑副總負責，是一個問題；但是他把「安那」自己一肩扛了，變成烙印在他身上洗刷不掉的疤痕。而莫名其妙的是，鮑副總似乎有點怕趙祖安，怯怯地總不去聯絡他。這倒是有點荒謬可笑了。

但鮑副總的表現到底是溫暖的。與鮑副總相比，莊董鐵硬冰冷；趙祖安溜滑黏膩。

不必鮑副總跟趙祖安聯絡，「安那」自己打電話來。他告訴鮑副總他生病了，這幾天才略好些，過兩天就會來公司。鮑副總飛快把這消息傳遞給莊董；不過如今他學會了控制自己，不把他的盲目樂觀廉價釋放出來，他甚至是批判的，所以在莊董一面聽他說話，一面尖銳吝刻起來的時候，他能很自在地說：

「我不信他那一套，我現在不信他的話！等他來了公司再看他怎麼說！」

他強勢地兩手　著腰；忽然，冷不防地，一旁費爾泰像是因羞愧而低下頭來的樣子，竄入鮑副總眼中，把他拉進那醜陋的尷尬困境：一個好說笑話的人覺察自己把說了又說的笑話，重複說給同一個人聽的窘境。費爾泰看見他一說完那句話，就把叉腰的手放下來，黯然轉身走開。

趙祖安出現在「黎園」那一天，一開頭並沒有直接進莊董小房間，也不趨前到鮑副總桌邊，而是見人就搭訕，他高亢的嗓門不停地只說一件事：他生病了，體重輕了十幾公斤，等等、等等、等等。

他終於來到鮑副總桌前，搶先尖聲說：

「副總呵，人不能生病呵，你看幾天我就瘦了十公斤，怎麼得了？」

鮑副總應聲從椅上站起來，開心地笑了幾聲：

「親家，體重減輕，好消息呵！」

「好？差點就沒命了！」

「嘻嘻，你說你還有六十五公斤？那你還超重！以你的身高，六十二，行了！」

「誰說，誰說？我這個糖尿病，體重要重一點才好，體重減輕，那就壞了！」

兩人的嗓門都高亢尖亮，搶著你一句我一句。起先，那是令我們大家安慰而快樂的熱絡；其後，不知是什麼原因——也許是急促交談中猝然的一頓；或者，竟是太過熱絡了，大家忽然覺得他們是孤獨的。在他們以言語相互競逐，越攀越高的時候，這「孤獨」就圍繞在他們四周，只剩他們兩人陌生地互望著。不用說，那就是「大局」越來越壞的徵兆。

趙祖安溜動眼珠，在鮑副總臉上一閃：

「老約翰那面怎麼樣了？……」

不等鮑副總回話，他兜頭撒過去一面網：

「……這一兩個禮拜我生病，沒有空來整理帳，過兩天吧，過兩天我精神好一點，帳整理出來，看怎麼樣，再……」

他住了嘴，眼光在鮑副總臉上雖然不停流動，卻專注地捕捉著那臉上肌肉的變動。鮑副總意外地，竟然一點不在乎對方的搜索。他說：

「是呀，整理一下，也讓莊董好做事，」

誠懇、忠實、體己；無懈可擊的純淨周全。「安那」把眼光定在鮑副總臉上，始終沒能找出特殊含義，因此他心神不屬地說：

「會，我會……」

趙祖安究竟有沒有跟鮑副總敲定匯錢的日期，不得而知。不過，我們多少看出，鮑副總似乎把沒有能解決這件事的責任又歸罪到他自己身上去了；而且，我們總怪怪地覺得是他自己在強調這一點。

從此以後，鮑副總很少主動進莊董房間。莊董有事商量，便親自到鮑副總桌前相請。鮑副總是一定會興高彩烈應邀的，不過話題一碰觸到合作案，鮑副總就會變得客氣起來。可怪的是，莊董居然是瞭然於胸的樣子，並不進逼。

鮑副總在跟莊董客氣起來之後，先前的瑣碎就在他身上強烈地重現，但卻套上了一件嚴肅的外衣。他開始拾起早先的經驗，做起跟合作案全然無關的外貿來。他每天忙著寫傳真、打電話。他不會電腦，所以他的信件就由惠儀或小魏代發出去。從此費爾泰每天早上多了一件工作，就是把對方的回郵印出來放到鮑副總桌上去。

惠儀穿了一套紫色洋裝來上班；大家眼睛一亮，恍然明白原來紫色才是「她的顏色」。她臉部線條對紫色的強烈回應，烘托出躍動的艷麗。她出奇柔軟有彈性；而明亮耀眼的坦白，帶出了令人不安的公正，——是的，危險和不安，正是那時費爾泰心中準確的感覺。

在費爾泰經歷了惠儀溫柔的牽引，進入了那個盡善盡美的世界後，他對她的燦爛開放，遲疑著不敢發出讚美。

鮑副總搶先說：

「你這套衣服好漂亮！」

他熱情鑽動，把他看向她的一雙眼笑得瞇了起來。但是這句話像是深入敵陣的孤軍，全面無援，又嚇得他垂下了頭。

惠儀大大方方接受他的讚美，一如先前回答費爾泰那樣快活地回答他：

「謝——謝！」

在色彩繽紛之中，不經訴求，她就強烈呈現出她不偏不袒的正直、初胚原貌的質樸、一清見底的快樂；絲毫不保留地展露著她的純潔，她的輕信。她真的是太過易於接受、太過易於給予了。

費爾泰感到那隻牽引他的手鬆開了，任他自由飛去。然而卻把不安和危險留下來，留在他心中。

這天，惠儀要去銀行轉帳，鮑副總從他位子上衝出來說他要跟她一道去。惠儀臉上突然亮出一道光彩，潤澤了她兩頰；隨之便是從她心底發出來的她不變的特色：誠懇坦白、公正客觀。她一點都不去掩飾她的快樂——純淨如水，一些兒雜質不摻的快樂。

惠儀騎摩托車載了鮑副總出去。

費爾泰記得這件事發生在鮑副總對他作了那番驚疑可怖，令人哀傷錯愕的自白之後不久，因此，鮑副總跟惠儀一路談笑風生走進來，敘說著他們在銀行的快活經過，讓費爾泰疑惑不解。為什麼在這樣撕裂了自己之後，他就能立即彌合無縫，這麼快活起來呢？為什麼？

他們在銀行大概遇到了什麼鮑副總不明白的小問題吧，回到公司還在繼續研究，惠儀為他細心解說。她微垂頸項，束向後面的長髮，有一細綹垂落到臉頰；纖細的食指輕按著桌上一份資料，對傾過頭來的鮑副總小聲解釋著。

這些都不是重點。重點是她的乾淨的快樂。那快樂是無邊無際，隱藏在她專心不二的神態裡、在她成熟的諒解、無微不至的同情裡，一觸即發。

他們又一同出去過好幾次。出門之前，鮑副總不例外總是笑瞇瞇，興沖沖地先說這句話：

「跟惠儀去學習學習！」

惠儀含蓄地微笑著，把他的話當作真心的讚美，大方地接受了。每次都是成果豐碩，快樂地回來。陽光把惠儀晒得兩頰紅樸樸的，鮮潤欲滴。不過，只有這頭一次，他們是同出同進。此後，他們同時出門，分開回來。鮑副總先回來。不管多熱的大熱天，他永遠是長袖襯衣，或白或粉紅——「粉紅」是他的幸運色——，微微皺著眉的臉上，露著謙虛的微笑；仔肩沉重卻積極進取地走進來。可是一坐上他的位子，他就若有所失，不多一會，他就開始瑣碎地整理他的抽屜、收拾桌面等等。

紅潤的惠儀要過一會才會進來。她是永遠如一的誠懇；既是透明又是貼心。從她兩眼那麼光彩明亮透露出來的這些特質，你一看就明白，就相信了。

鮑副總從他早先的南美經驗，終於找到了線索。透過他一個舊客戶的關係，聯絡上「黎園」可以進口的貨品供應商。報來的價格十分誘人，莊董決定要試進幾個貨櫃。於是鮑副總又弓起了背，昂起了後腦勺，任重道遠地忙了起來。

他跟莊董的客氣關係一開頭倒並沒有因這件事改變，要等到嗅到了氣味的汪先生加了進來，才有改善的跡象，不過，這是以後的事了。

汪先生以令人意外的方式介入：那天，他居然一大早就到了公司，比小魏還早。他的出現把遲到的小魏嚇了一跳，小偷被逮個正著似地；特別是，他跟嚴芸是一路笑罵著進來的。——那大概是小字條事件前後的事吧。

他用胸音強大的嗓門質問了小魏幾個問題，交辦了幾件事，又貼著嚴芸的桌子，嚴詞訓示了她幾句，要她好好學習之後，便大剌剌正規正矩泡起茶來。

費爾泰跟汪先生的對話不多。他對汪冷峻嚴格，我們一旁看得明白。費爾泰自己似乎也從來不想掩飾他的高傲。體型粗大的汪先生有一對精靈的眼神，不時偷偷溜過來打量費爾泰的臉色。有時，想必因為他抓住了費爾泰表情的漏洞——比如一瞬間的柔和妥協——，他會直接向費爾泰這面走來，帶著身入險境的警覺，兩眼緊緊鎖住費爾泰，在對面空位子坐下來，小心翼翼等費爾泰不得不放下手裡的工作；他冒險地，卻十分敬重地說：

「費先生，最近國外的情況怎麼樣？」

他揚棄了對小魏、對嚴芸，甚至對惠儀的統治姿態，從尊敬這道門側身進入的方式，顯然立即消溶了費爾泰的冷淡；立即，他比汪先生還要柔軟，把一些國外資訊說給他聽。

然而，只要距離一拉遠，汪先生恢復了他統治者的氣勢，費爾泰毫不遲疑地，也恢復他原先的高冷。他們的關係就循迴在冷與熱這兩個極端。

汪先生一面泡茶，一面等鮑副總。這是一個難得一見的安靜的汪先生。鮑副總微弓著背，昂起後腦勺，懷著謙遜的高昂鬥志走進來。汪先生迫不及待地：

「哈囉，副總哦，早！」

便趨前到還來不及坐定的鮑副總桌邊。桌上擺的是費爾泰一早就收到的郵件。

「那邊怎麼說？」汪先生拉一張椅子在一旁坐下。

鮑副總放下手提包，親切慇懃地說：

「等我看一看！」

過了一會，他們便開始了小聲的交談。從老遠看過去，汪先生臉上表情的變化越來越明確：最先是睿智分析的樣子；接著是果決的判斷；最後是樂觀的結論。鮑副總則簡直就是一個把宴會辦得無比成功的主人，那麼謙虛、那麼滿足，不時有他快樂的笑聲咭咭咭地插進來，把這兩個人的密談塗上濃烈熱絡的色彩。

汪先生放大了嗓門，共鳴強烈地：

「國內這邊我是沒有問題的啦，不過，等下我們一起去跟莊董談談，看他怎麼說！」

汪先生慵懶輕鬆，又有點託大地斜斜倚著椅子的靠背，好像天下雖大，也不過就是他掌心的玩物那樣。

在莊董房間，鮑副總跟莊董的客氣關係看似有消解的跡象，因為他們倆笑得密切而有默契；不過，消解的機會竟沒有真正到來。汪先生隔日起就帶著鮑副總往外跑：「帶副總跟同業認識認識！」汪先生像個熟練的老師父這樣說。鮑副總嚴肅而認真地跟在他後面出去。跟莊董的客氣關係從此懸空無解。

這樣做是為了從南美試進貨品作暖身，「總要帶副總跟他們認識認識嘛，我做事是有通盤計畫的，一步一步來！」汪先生厚實的胸膛，發出隆隆的話語聲。因此鮑副總勢必跟著出去，而莊董沒有理由說不。

從南美試進的貨終於到了，證明是一筆暴利的生意。莊董雖然給的笑容不是很慷慨，——像是一寸一寸地給——但賺錢總是好事，莊董是高興的。

汪先生則簡直是天下無敵般地至高至大。只要他一到公司，他肥膩的隆隆喉音，一定從頭響到尾。感受到莊董的吝嗇，他於是向莊董進逼，一有空就進到莊董房間，揮動他胖大的手勢高談闊論；莊董拘謹地附和著笑。我們覺得莊董雖然有點失落，他的高興卻真實不假，是那類「退一步想」的自足。

而這時候的鮑副總，身上便會濃濃散發著老成謀國的嚴謹。虛懷若谷不說，對我們大家都一視同仁地謙恭有禮起來。還聽說鮑副總晚上也常跟著汪先生和同業去喝酒。「黎園」這一行他真的混得很熟了，同業隨口互叫的倬號，他都能朗朗上口。

約摸就是在這一段時間，我們看見鮑副總跟惠儀兩個人，在大家都收拾著準備下班了，還留在辦公室裡。

或許莊董對快樂的節制是有原因的，來自於他在制高點的觀察。就在南美貨大賺一筆，汪先生跟鮑副總興沖沖著手進第二批貨的時候，合作案的賠累出人意外地創了新高。莊董於是一下子奪回了主導權：他只是把他們找了來，給他們看結出來的帳，然後兩眼下垂，什麼不看，只看自己的前胸，冷冷地笑著說了一聲：這樣賠還要賠多久？

都說不出話來。發不出隆隆的胸音，汪先生的厚嘴唇、厚胸脯便格外顯出油膩的笨重。鮑副總沉默了好一會，終於詛咒了一聲，說：「當初『安那』說得那麼天花亂墜！」汪先生轟隆隆接了一句話：「老早就有人跟我說，『安那』的話信不得！」但是，這些都是泥沼中的糾纏，不是智力的提昇。莊董更固執地盯著前胸的模樣，這樣向他們提醒著他的看法。他給了他們一擊，雖然其聲也微，其力也弱，卻是當頭的一擊，意義是：話還是要從我嘴裡說了算，你們還是要聽我的吧。

趙祖安固然一時成了大家責難的對象，但是他的出現，帶出了一點不同的效應。

大家推測趙祖安或許給清了一部分股金，所以老長一段時間不見他的踪影出現在公司，沒有引起太多評論。這天下午他來到公司，一進門時，左右環視，投出來的那濃重、著意的一瞥，不同於先前他兩眼高高仰起，蜻蜓點水的淺淺一眼，倒讓首當其衝的費爾泰相信他的確是給了錢的。不過，他才一進門，就被莊董攔截到他的小房間去了。

這天汪先生碰巧在公司。莊董出來打一聲招呼，汪先生跟鮑副總都相繼進去。莊董敞開了門。大家因此聽清了每一句話。

莊董自然是要把帳給「安那」看：

「這幾個月的帳出來了，不是很好看呢……」

莊董有一張很誇張的嬉笑的臉；好像他突然故意不正經起來。趙祖安兩眼一閃，很深入地看進莊董的臉裡去。他兩眼一閃之間，已經明白自己被置放在敵對的方位。他接過帳目，略翻了翻——無心細看的態度是特意被突顯的——便把打印整齊的帳目（惠儀細心的成績）不經意地放在桌上，不願再多看一眼。他跳過這篇帳目、跳過他們，是因為他要他們知道他早已上升到了另一個層次。這粗率的自信，明顯透露在他那雙故意飄泊不定，一點不在意的眼裡。他淡淡地說：

「我心裡已經有譜了。他們那面成本這麼高，我們又還在摸索，賠是可能要賠的；不過，」

趙祖安細高的嗓子，精巧地轉化成輕輕的撫慰，再加上他粗糙的自信，他變得非常有說服力：

「不過，現在要說會怎麼樣還早。我們還要看看，還要看看！」

全神貫注的鮑副總熱熱地接下話頭：

「你說還要觀察一陣子，也許會轉好？」

鮑副總的追問和進一步的闡釋表達的一廂情願的樂觀，似乎有點惹惱莊董，他又露出緊盯著前胸的習慣動作。

「本來嘛，總要有一段時間來觀察一下，」

趙祖安一面說，一面飛掃了莊董一眼。莊董全部接下他飛來的眼風，雖然依舊是那副流氣的笑臉，但堅定地表示著：玩笑就到此為止，不能再往下了：

「要等到什麼時候！我們可沒有那麼多資金可賠的哦！」

沉溺在無邊的樂觀、無可救藥的解脫感的鮑副總手一揮說：

「不會的啦，接下來就該我們數鈔票啦！」

一直抿著厚唇的汪先生，似乎也覺得要節制一下鮑副總氾濫的熱情，轟隆隆下著結論：

「是賠是賺現在說也真的還太早！我們還是做我們的生意要緊！」

他要把話題帶到如今正春風得意的南美進口貨上面去。不過，有趙祖安在場，這個話題不宜多談。莊董似乎警覺到被自己推到極限的嬉笑，有點無理取鬧，於是緊閉了嘴。莊董本就不是一個很會說笑的人。

趙祖安獨鬥他們三個，絲毫不用心機，幾乎是笨拙地，他就鬥贏了。豈止於贏，他還把輸了的他們意外地引導到一條快樂的路上去。只有莊董是可能的例外：他有存疑的猶豫，但是，趙祖安弄不清莊董的猶豫是朝向哪個方位。如果沒有莊董的猶豫，他幾乎可以確定他的權威莫名其妙地都回來了。

汪先生打開始初就不怎麼關心合作案，他的乏味無聊，是一目瞭然的。而鮑副總經過前次他股東的重創，以及他跟莊董之間無緣無故滋生的客氣之後，趙祖安的全勝不是他的挫折，反而是他快樂的源頭。

於是，從這天起，他們兩人——汪先生跟鮑副總——便越發轟轟烈烈地同出，自然不是同進。上午是他們在辦公室會合的時間。汪先生一來便大動作泡茶，一點不在意弄出來的聲響。然後他就端了茶到鮑副總桌邊去，或邀鮑副總到會客室來。隆隆的胸音就響了起來，跟鮑副總說起昨天他們一起走訪的同業。這是沒有什麼祕密的，因為他的共鳴全辦公室都聽得見，卻沒有人懂他們的話。

比如說，汪先生會很冷淡不在意，卻不失睿智地說：

「『城仔』是個大聲公，人不壞，不過，你要抓得住他……」

「城仔」是誰？他跟公司有什麼瓜葛？沒有人知曉。鮑副總便會兩眉輕皺，嘴角含笑地接下去說：

「我也這樣感覺，這個人要抓他的七寸。」

鮑副總輕輕挑起簾幕，一側身就進入內室之中——他們共有的內室。這樣淺顯的語言，這樣宏大的聲音，沒有人懂得。這簡直是獨一無二的享受——大庭廣眾之下的神祕；普遍中的深奧，這獨特的無窮滋味，他們兩個人同時都體會到了。汪先生就會用他胖大油膩的姿勢，無可無不可的自在，轟然地說：

「副總哦，我們今天到『發仔』的工廠去看看！」

鮑副總就會忠心耿耿地回答：

「好呀，我們去看看——我跟著你走！」

他們便嘈雜地出去了。這要到下午，才會見到鮑副總一個人回來。有時，他那調適著自己，因而顯出一點拘謹的神情，彷彿他進入到一個不習慣的陌生環境，有一種不強求諒解的自我放逐的意味。

但是莊董更加引人注意：他頑強的孤單。好似所有的人都從他身邊，從那個合作案走開了，只剩他一個人來獨自面對，在他的小房間裡。這幅幽暗畫面裡的緊張之處是莊董堅硬的沉默；以及他們離去的一刻，他向後退到更深更暗處的強烈動作。

他不是藏躲，而是退到更遠處的一個角落，以便清楚向外觀望。

他好像從汪先生跟鮑副總光明堂皇、正確有理的奪人聲勢裡，偵測到精心修飾的輕鬆，非常縝密的默契。是可疑還只是多疑，都沒有明確的證据來證明。從側面的小房間裡，可以不時看見像貓頭鷹一般警覺的莊董。

我們其實也都耳聞了一些汪先生的片語流言；有的是小魏吞吞吐吐洩露的小道消息。傳言中的汪先生把公司當作他的過道，每一筆進口生意都有他為他自己闢的支流可循。他把持了本地每一個客戶。而跟在汪先生後頭的鮑副總被他自己無條件的樂觀、他忠心耿耿的熱烈追隨等等簇擁著，自顧自在那裡熱鬧地旋舞著。

莊董在他的暗室裡觀察思索著；我們大伙則在外面胡亂看、瞎猜疑。莊董是憂國憂民那一類的大思維；我們在意的只是自己的飯碗而已。

於是傳言中的這一天下午，鮑副總突然向費爾泰這邊走去。費爾泰確定他是向自己走過來，便如刺蝟一般豎起了全身的汗毛。

近些日子，由於對鮑副總的新觀察，費爾泰對他的排拒是尖銳的，因為預見了煩冗和不快。鮑副總這時不但真的向他走攏，還可恨地符合了他的預測：鮑副總拉開費爾泰桌邊的椅子，一屁股坐下來了。

鮑副總必定看見了費爾泰臉上的不快，他一面坐下，一面雙眼用力搜尋費爾泰臉上不快之外的深一層意義。

還沒有坐穩，他就又如費爾泰的先見，急急地開口說：

「有一件事，要跟費兄你來說……」

在不快、煩雜、困擾交集的難堪氣氛下，電話鈴響了，斜對面的嚴芸拾起了話筒，傾聽了一會，把話筒從耳邊挪開，向費爾泰招了招：

「費先生，您的電話，國際電話！」

這不但是費爾泰的及時解脫，也奇異地解脫了鮑副總。他滿面堆出了笑容，眼睛卻依然逡巡在費爾泰臉上：

「費兄，這件事我慢慢跟你再說，費兄……」

他雙腳拼攏，一個九十度鞠躬，延續著他解脫的快樂，把它無限量放大：

「費兄，你是我的老大哥，我們大家的老大哥，這件事我一定要跟你說！」

唐突又費解；費爾泰狐疑滿腹。

鮑副總的「再說」，要等到兩個禮拜之後。這一段時間，那個難解的鞠躬以及伴隨它的大快樂，一直盤旋在費爾泰的腦子裡，卻是他不願面對的一件事；同時，不知什麼原因，他肯定這更是鮑副總自己要逃避的對象。每當面面相遇，鮑副總眼睛裡的閃爍不定總是先於一切表情，闖入費爾泰的視覺：躲躲藏藏，悽悽惶惶地洩漏著暗暗的驚恐。這閃爍的怯懦出現在激動熱烈的鮑副總臉上，給費爾泰帶來一種沒來由的哀傷。

終於在這天，鮑副總拉著費爾泰到一邊來說話。

揮舞著手勢，那麼自信和肯定，加上絕對的樂觀，他開始說了起來。

「我們現在這個合作案是不可能賺錢的，」

他以合作案為題目，大出費爾泰的意外。他以為如今跟汪先生密不可分的鮑副總是一顆逸出了軌道的星球，越來越偏離以莊董為中心的合作案。而這時候他驟然以這麼逼近的赫然之姿，宛如一枚墜落的殞石，提起合作案的話題，費爾泰覺得非常非常不真實。他模糊覺得鮑副總身上有什麼地方很不誠懇，該受到指責；但是他用這麼龐大的姿態，不顧壓體的孤獨空虛，逕自一個人雄辯滔滔下去，使得費爾泰在詫異之中，又加強了那一絲毫無來由的哀愁。

「到目前為止，我們在這個案子上虧了好幾千萬；將來會怎麼樣，我們不敢期待。那些隱藏成本之多、之高，是當初沒有想到的，『安那』這個人根本就是道聽途說，拿來胡弄我們！」

鮑副總憤慨地停住，但他很快忍住了自己。

「不過，我們也不能放棄它。我們的想法是，我們要跟著這條線，另外找一條活路來走，眼前就有一個現成的機會符合我們的想法，照我們現在的估計，這條新路是絕對絕對可行，百分之百賺錢的。這可說是——絕對是——千載難逢的機會！」

他激昂亢奮，一下子就衝到頂點，卻只在費爾泰腦中製造了這麼一個淒涼的印象：他孤零零恐慌地站在一座茫茫高峯，舉臂高呼，卻一點點、一點點聲音都出不來。

費爾泰猶豫著要採取什麼合理態度來抗拒他絕望的孤獨：忽然之間，鮑副總勒馬一頓，全部拋棄了那個像一枝箭往前疾射的銳利的自己，剎那間溶入到廣被天下的博愛裡去。他溫順恭謙地，披戴著晶亮閃爍的赤誠，向費爾泰暖暖地探伸過來：

「你看，你看，我們在一起不是一個family嗎？一個家族！我們『黎園』氣氛這麼好，一大早進到公司，就有好咖啡喝，有好音樂聽，哪個公司比得上？真是太好了，你看，我們一起在這裡努力工作，努力賺錢，真是太好了，太好了……」

他越說越感動；費爾泰毛骨悚然。他的眼睛加倍忙碌起來，在費爾泰臉上來回挖掘，忘神到忽略了他的鹵莽會被發覺。原本就一直是他自己一個人在滾動言語，別人插不上嘴，現在不知為什麼，他多心地察覺到費爾泰那面有可疑的沉默，於是他擴大他的搜索，除了眼睛，還用語言來猜測——幾乎忘了他原來要說的話。

費爾泰也不過就是微微一笑，嘴唇掀動了一下。敏感十分的鮑副總捕捉到費爾泰的微細表情，振奮地全麵包圍上去，大動作預先防範起來。他加重了語氣，向前直衝：

「這麼好的一個公司，將來就算你真想要退休了，」他露出身入險境，極其謹慎小心的樣子：「這裡也終究還是你的事業，你還是得在這裡工作，……何況這個事業是絕對絕對，百分百賺錢的……」

他忽然懂了為什麼有一道不解之色一直逗留在費爾泰眉眼之間，他放棄了圍堵。他的恍然大悟把他的誠摯、熱情點滴不漏地全部召了回來，而且生怕話被搶走：

「你聽我說，你聽我說，我們是一個family，是不可分的一個家族，可是，可是……」

他的情感奔放華麗，卻又誠懇得真的把他自己都感動了，從他嘴裡蹦出來的每一個字眼都滿載著那豐沛的感情：

「我看到他們都有股份，就是你沒有，我知道了替你不平，很替你不平！我跟莊董說，怎麼可以不給費兄入股？這是不可以的！我跟莊董商量，費兄，我老實說，我簡直要莊董一定這樣做，我堅持——」

他搜尋的兩眼離開了費爾泰的臉，投送出去，放諸四海；他是權威而專制；強硬卻仁慈的：

「我堅持費兄你一定也要加入！多少沒有關係，這不是多少的問題。幾十萬，幾百萬都可以的呀！……」

費爾泰等鮑副總移開兩眼之後，才把他的目光投注過去，卻找不到明確的鮑副總，他被他自己失控的語言打散了，像蒸汽一般汽化了，模糊一片。

費爾泰眼前濛濛瀧瀧。蠢蠢欲動的人頭，動向不明，卻只隱藏在激動易感的鮑副總後面。那哀愁又無端蒙了上來。

他向模糊的鮑副總打了一個手勢：

「等一下，副總，等一下……」

就在這句話出口之後，模糊的鮑副總忽然從四散的狀態聚攏成一堆，緊縮凝結，全部集中在他的雙眉和兩眼，非常濃密清晰，可是卻這樣空洞，好似他原來飽滿充實、一肚子的話，一瞬之間都背叛了他，偷跑空了。他瞪眼望著費爾泰，皇皇巨論只留下嘴角一抹牽強討好的笑意。

「等一下，副總，我懂你的意思……」

費爾泰那時格外、格外地悲哀，為鮑副總，為他一個人悲哀。但他克制著往下說：

「我懂你的意思……不過……這樣好不好，讓我考慮一下，讓我仔細考慮一下！」

他似乎沒有聽懂費爾泰的話，但是卻詭異地瞭解了全部狀況。有好一陣，他像是從懸崖飛墜了下來，魂不附體，極度空虛的樣子。然後，大吃一驚，他懂了，都懂了。他點著頭，百分之百附和著：

「考慮一下，當然，應該！好，好，你考慮一下！」

他又掀動嘴唇，有話要說，但是費爾泰已經轉身走開，——只為了避開鮑副總突然光明起來的樂觀的笑臉。

鮑副總的炫麗鋪張連他自己都騙不過。說著說著，他覺得自己說的正是相反的話，正在無情地向費爾泰洩底；這也就是為什麼費爾泰對他那麼不忍。

其實我們大家看得很清楚那大紅大綠後面的大蒼白、大恐慌：這真象連我們都見著了，老謀深算的費先生能看不見？

真象是：公司資金吃緊了，只有增資；而想必鮑副總又自告奮勇，一肩扛起說動費爾泰的重責大任了罷。

費爾泰說要「考慮一下」，意思是他需要時間。鮑副總機靈地意會了這暗示，神聖地遵守著「默契」，因此接下來的幾天，鮑副總對這件事一字不提。

不過倒是有一樁看在大家眼裡印象特別深刻的事：鮑副總那幾天不知道為了什麼，愉快得不得了，不時可以聽見他哼著曲兒；甚至還快樂地吹起口哨來。——這我們得承認，在他這個年紀，能把口哨吹得這麼好，倒的確少有。

另一件大異於那一陣子十分忙碌的他的事是，他那幾天上午不跟汪先生出去了，顯出乾淨勤奮的神情；改在下午準三點出去，半個小時之後，渾身汗淋淋回來。

惠儀告訴費爾泰說，鮑副總是出去慢跑健身。費爾泰向她強烈質疑：「這時候哪能慢跑？還打著領帶！」但是他的強烈反應不是因為她的話不合理，而是因為這個「祕密」是出自她的口。而這向費爾泰又進一層暗示了什麼呢？

鮑副總終究輸了這場耐力比賽。那天上午，我們看見他們倆在一起，鮑副總激動而快樂地拉住了費爾泰：

「費兄，費兄，我們來聊一下！」

就率先向會客室走去。

後來我們知道他們果然是在這天攤了牌；費爾泰沒有答應入股。可怪的是，拒絕不是出自費爾泰的口，倒是鮑副總替他說出來的。

我們猜想，費爾泰大約是在那幾天下定了決心，要從鮑副總糾纏不清的理路中獨立，脫出他濫情的包圍；因此不等他開口，費爾泰就說：

「我正要跟副總你說！」

鮑副總臉上射出熠熠發光的訊號：是熱切期待、加上急迫個性合併發出的表情。他的眼睛跟他的嘴巴是他情感的宣洩口：說話的時候，情緒如長波疾湧，從他嘴巴滾流出來；不說話，眼睛就取代了嘴巴，透射著他的急切和焦慮。這時他就以這樣的眼神盯住費爾泰。但是，他似乎預感到費爾泰的主動是壞兆頭，所以他在嘴角刻意加上笑意來作為修飾，卻反而加強了他忍耐不住的緊張；他搶在費爾泰前面說：

「怎麼樣，費兄？不加入？是吧？」

鮑副總就這樣悲壯地破斧沉舟豁了出去；又彷彿要藉自己的口，襯托出費爾泰的無情似的。

費爾泰心中對峙著兩種情感：不忍對上厭惡。他如果把挫折給了鮑副總，對他是蓄意的一擊，這是淒然的不忍；然而，鮑副總逼膚生痛的急切——就因為這麼一個單純的原因——，費爾泰直入骨髓地感到那厭惡。

費爾泰壓下心中的掙扎，釋放出誠懇——誠懇，把他從複雜中乾淨地超越出來。他的邏輯那麼流暢，所以他能不急不徐地一字一句說下去。鮑副總眼裡燃燒著熾熱的期待，向費爾泰熊熊燒來；費爾泰覺得鮑副總在緊密研究著自己臉上每一寸皮膚的意義。

費爾泰的從容不迫，吊起了鮑副總全部神經，他進入了不測的險境；慌慌張張打斷費爾泰的話：

「我們找這條新路子是為了永續經營，是為了賺錢的。而且我保證絕對賺錢，絕對……」

他被自己空洞的聲音嚇了一跳，迫不及待地彌補著漏洞：

「費兄，費兄，如果萬一，我說萬一，因為這是不會發生的，萬一真的賠了錢，我個人就原封把你的股份全買下來，我保證，我絕對人格保證！」

他伸出手，按著費爾泰的膝蓋，竭誠地笑著。他把自己像一盆水一般潑了出去；一面這般絕望，一面卻搜括著每一寸希望，期盼著能收回潑出去的每一滴水。

我們所知道的是，費爾泰竟然是有了潔癖般地纖塵不染，一逕照著他自己的思路說完他要說的話。

於是，這就到了鮑副總鑄成大錯的一刻。他側起頭，向費爾泰詭譎地笑起來：

「不能退休，費兄，你不能退休……」

看來，他原先是準備要打一個神祕的謎語的，卻連一分鐘的懸疑都把持不住——他掀開蓋子，從裡面楞楞地就掏出了這樣的東西：

「……你退休，你不工作，你會……你會『去』得更早哦！」

話才一出口，他就知道這無可挽救地重創了他自己；他驚懼地垂下了頭。也不過就是這麼一句話，他突然就精疲力竭了，只剩下一付空架子，若隱若現地，像飄浮的精靈。

好半晌之後，他這才抬起頭，極其嚴肅，完全內斂：

「知道了，費兄，我瞭解了你的意思！」

從此，這個話題就再也沒有出現在他們倆之間。

第二天，鮑副總似乎絲毫沒受到打擊，繼續露出他樂觀奮發的笑臉，充滿了信心和希望。他又開始跟汪先生一道出去，因為那時他們從南美進了另一批貨。

接下來發生的事，不由得直接讓我們聯想起上一次鮑副總是怎樣用同樣赤裸的坦白來驚嚇費爾泰的。似乎有一個固定模式，那就是，只要一遇上某種恐懼或挫敗，他就用這件事擋在自己前面，然後就開始剖殺自己，坦露自己，從而轉移了自己，躍向那個堂皇的憤怒之殿來尋求正義，——尋求他的救贖。

這天，鮑副總突然拉住了費爾泰，到客廳一個隱密角落坐了下來，他們低聲長談了好久。從晦暗中溢出的切切私語，我們約略聽見鮑副總又在向費爾泰親密知心地說起他跟他太太的那件事。

偷聽來的蛛絲馬跡，加上原先的傳聞，我們終於把鮑副總跟他太太的糾纏拼湊齊全，編輯成了一個完整的故事。

然而，讓我們覺得這樣荒謬、這樣慘烈、這樣哀傷的一件事，他，鮑副總，卻彷彿真的把它當作了自己的避難所。

先說那一次——第一次——吧。那個模式的觸發，應該跟惠儀有直接的關聯。她肉質豐腴的嗓音，牽動了費爾泰的神經，於是不由自主就把自己牽扯進去了。

是惠儀，——不錯，是無辜的惠儀。那天她看見鮑副總踮起足尖，在辦公室來回走動著，露出想出去、沒有車、又不敢探問的那種多禮的謹慎，所以她就輕輕揚起她甜悶肉感的聲音在一邊說著：

「副總，我等下要出去一趟，我可以載你出去，好嗎？」

費爾泰不必用眼睛去看，也知道鮑副總是怎樣像傾入一鍋沸水，一滾而紅的蝦子；他是怎樣驟然地快樂得閃閃發光。

「好，好，好！你出去我就出去！」

然而真正把費爾泰誘向卑劣的是，鮑副總開始喋喋不休、不厭其詳地向大家解釋為什麼這時候要出去，為什麼這樣，……為什麼那樣……等等，等等，只為了替自己找堂皇的藉口；只為了掩飾他要惠儀說出這句話的祕密企圖；——而惠儀竟然一下子就中了他的算計了。

所以第二天，那個卑劣的費爾泰就走到鮑副總桌邊，像是手裡捧著一包點著了引信的炸藥，突兀卻沉著地說起來：

「副總，我要跟你談談合作案這件事。這個案子好歹我算是開了一個頭，聯絡也算上了軌道。我要說的是，副總，合作案你如今比我清楚得多，你又是實際參與者，……副總，你看這樣好不好，以後跟約翰那面的聯絡溝通，就勞駕你來偏勞，這也是順理成章的。再說，再說，副總，想必你也看得出來，有時候，我真的是有點忙不過來呢……」

有好長一會，費爾泰眼裡只有鮑副總的頭頂。這樣近距離長時間把頭頂向人暴露，那是一個人的全面失守、澈底潰敗。鮑副總低著頭，默默不語。在某一層意義上，這是頑強無賴的沉默，把在這情況下費爾泰心中可能被喚醒的柔性哀傷，一舉摧毀否定。對立的靜默散布在挺立著的費爾泰身上。

鮑副總終於抬起了頭，仰起一張毛孔粗大，油光閃閃的臉。費爾泰還從來沒有看過這樣縐紋重疊，蒼老疲倦的鮑副總。眉頭緊鎖，目光尖銳；刻意強調著孤立無援卻正義凜然的樣子。

「我知道，費兄你太忙，我懂！可是能不能夠，能不能夠，」

他掙扎著往下說：

「能不能過一陣子再說？」

費爾泰好奇地望著前面這個瘦小、油膩，千瘡百孔的人：像一片飄在浪頭的枯葉。鮑副總一直不正面看費爾泰，向前凝望著。忽然，他脆弱了下來：

「費兄，費兄，我老實跟你說，我能不能活下去都是一個問題，費兄，……」

兩眼向前：

「真的，費兄，我快要崩潰了，」

他長嘆一聲：

「我不騙你，真的。這一段日子，我什麼都沒有做，我……我什麼也不能做！」

他又嘆了一口氣，垂下頭，放棄解釋，放棄掙扎。

費爾泰沒有接口，這一點也不怪異。從一開頭他走過來站在鮑副總前面，突兀地拋出這個話題，他就是那個卑下惡毒的費爾泰。對那個費爾泰來說，現在更明確起來的意義是，如果鮑副總退縮了，沒有接下他的提議，這是他——費爾泰——的勝利；反之，如果鮑副總迎面接下他的挑戰，則是他的失敗。

而費爾泰勝利了。他回到自己座位，繼續他的工作。淡淡的滿足，忘記了鮑副總那一團活著或不活著的疑雲。

鮑副總很快就在費爾泰身邊出現，彷彿用思想洗了一個澡，臉上的油光和縐紋一掃而淨。比平日加倍急廹快速地，他拉了一張椅子坐了下來，立刻就開始說話；立刻，他就孤身衝到好前面、好前面去：

「費兄，費兄，這件事我要請你聽聽我的解釋……我絕對不是在拒絕你，費兄，費兄，我是有原因，很重要的原因的。不然，只要費兄一句話，我還敢不接嗎？」

他帶著頃刻間就要被燒成灰燼的毀滅意味說著：

「費兄，有原因的。我遭遇到很麻煩、很麻煩的事，」

這亡命衝刺的驚險，倒是跟費爾泰預料中的陳腐藉口不同，他不由得側耳傾聽下去。

「你知道的吧，我跟我老婆辦過離婚，」他振動著兩臂；像是一旁有人好心在勸阻，他一概不聽，執意要往下講。

費爾泰點頭；——但是他一點都不知道。他點頭是為了小心翼翼壓下心中的訝異。

「是假離婚，當然，一開頭是這樣的，為了怕我投資的事業連累她們的家產嘛，嘿，她們是有錢人家。這原本是小事情，無關緊要的，別人不也是這樣做？問題出在我老婆。我們離婚，她倒快活起來了，是真的……真的快活，」

他原本直著腰，精神抖擻，這時卻身子一歪，一股流氓的邪氣竄上身：

「她好快活！她把假離婚當成了真離婚！她解脫了，她自由了，」

那是一股替他護身的邪氣。莫名其妙地，彷彿在邪氣的撐腰下，他就能夠名正言順地把他跟他太太之間的房幃私秘全部攤開來；他描述著令人毛骨悚然的細節，完全不能節制他自己。

他這樣說起他跟他太太的故事：他說，每天夜裡，——他說——他縱情跟他老婆調笑；他開玩笑說她妳這麼厲害，哪天我不在家，妳怎麼辦？而她一秒鐘都不猶豫，隨口就回答：我帶男人回家。起初這是偶然的玩笑，慢慢是他故意的測試，最後變成他執拗的求證。不變的是她的回答，一秒鐘都不考慮的那句：我帶男人回家！

她的坦白，她的直截了當讓他瘋狂。

「這個笑話一點不新鮮，是下流，下流的笑話。可是每天晚上我故意問她，問完我們就拚命做，沒命做。」

那個問題變成了懸在他頭頂的恐懼。他漸漸看出她真的一點也不做作地把他們的離婚當成真事看待。她真的帶男人回家。

「那時候，我是很忙的，經常出差、出國。我不在家的日子，她每天都帶男人回家，我知道，我都知道；她也知道我知道，」

他老婆有記日記的習慣。

「日記？什麼日記？是她行為的全紀錄！」她把日記本隨意擺放，「她故意要我看她的日記，」

但這究竟是她的無心，還是故意，對他是搔癢難禁的一個永恆的謎。

他從他老婆在捷運上碰到的那個男人開始知道全部故事。她略施手段，那個人就上鉤了。就在大白天裡，他跟她回到家。那個人像是在做夢，驚惶失措。她覺得滑稽又有趣，「男人都是這樣，你只要大膽給他，他就嚇倒了，這個世界就是你的，就這麼簡單，」她這樣寫。那個人在輕鬆自在的她面前，緊張得不得了，她說什麼，他聽什麼。

「她以為她會這一手就能控制全世界！」他說；兩眼往前直望著，沒有看費爾泰一眼。

她放肆玩弄那個人，戲謔那個人。那個人卻怎麼也不行。那一臉的抱歉和惶恐，「像考了二十分的小學生站在媽媽前面。」把她燃燒了起來。她寫她怎麼把這個小學生「教大」；怎麼把這個「東西」造就成一個男人。她好奇地跟他玩遊戲，要去發現她自己偉大到什麼程度。她把他找到家裡來，「玩遍了我家每一個角落，」鋼琴上、地毯上、廚房裡。他們「脫得精光赤條，就在我床上！」他說。

費爾泰不由得擔心起來，鮑副總究竟還有多少可怕的內情要抖露？他旁若無人地越說越大聲，聲浪溢出了他們的小圈，向外傳播出去，費爾泰不得不提聲故意說幾句無關緊要的話來壓低鮑副總四溢的話聲。——這就是在外面的我們，那時所聽到的一些零零碎碎，莫名其妙的激情的言語。

在費爾泰半玩笑半斥責的大聲干擾下，鮑副總消沉下來。他像一葉快艇，驀地失去了動力，在黝暗無垠，四顧茫茫的大海上飄浮。

「他們赤條條在房間裡跑來跑去，被我……被我女兒撞見，」他冷冷地說。

鮑副總在他的玻璃桌墊下壓著幾張照片，其中一張是他女兒。非常清瘦的一個女孩子。瘦瘦尖尖的臉龐托著一雙矇矓大眼，從迷霧中向外努力探尋著，似乎看見了什麼，又似乎什麼都沒看清的懷疑的眼神。如果不是這一對眼睛，我們都幾乎記不清她的面容。鮑副總很珍貴地把他女兒的照片跟他自己早年一張「藝術照」並壓在一起。

「我女兒撞見他們在屋子裡一絲不掛；他們嚇得到處躲。真是笑話，都這樣子不要臉了，他們還怕什麼！」

他又猛烈攻擊起來；然後，想到了什麼——是女兒吧——又溫和下來：

「不過，或許我女兒是她剩下來的唯一一根道德神經也不一定，」他說：「或許……誰知道……」

「這個人跟我一樣年紀，是個禿頭，」他垂下眼：「還是個禿頭！我還知道——從她的日記裡——她同時還跟另外一個年輕人經常在一起，一個個子高大的年輕人。」

鮑副總對他們年齡、外貌的在意，有點不可思議，隱藏著模糊的絕望。而年齡的挑剔似乎給了他奇怪的線索來合理化他的絕境。但是，鮑副總突然更消沉，他變老舊了，又要被平日的零星瑣碎霸佔了去的樣子。他醒覺過來，神情一振：

「我女兒知道她媽媽的事，全知道！她很兇地問我：爸，為什麼你不也去找個女人回家？你也可以這樣呀！費兄，費兄，一個女兒跟她爸爸說出這種話，這是進到了死巷，走投無路了！她自己不能報復，只好要老爸出面！可憐，一個小女孩，能想出什麼法子？她把腦筋轉到那上面去，這是說，這是說，我女兒死心了，她傷透了心，她完全死心了！」

然後他就緊緊閉上嘴；半晌才又開口：

「我女兒現在放了學都不願回家；她不敢回家。我痛心！我好……好痛心！」。

他長嘆了一口氣：

「我不能讓我女兒繼續受到傷害，她一定要離開她媽媽，到我這邊來；她不能跟她母親在一起，絕對不能！」

我們不難想像，這番話對費爾泰的震撼有多深；面對這樣的赤裸，他覺得世界上似乎什麼祕密都不存在了。

兩個人都沉默著。被鮑副總的孤獨觸動，費爾泰嘆了一口氣，伸手拍了拍他的膝蓋；隨之便有一陣涼颼颼的寒慄穿透費爾泰的脊背：那是起因於一種殘酷的不忍，像是有時候他愛撫狗狗的頭，摸著摸著，從茸茸細毛摸出了頭蓋骨的凌厲堅硬。

「你有沒有想過，副總，這或許是病？」

剛坐下的鮑副總從沙發上跳起來：

「是，是，我也這麼說她的！」

神情一黯：

「她不承認。她光明堂皇說這是正常現象；她說，不只她，每一個女人都一樣。哼，每一個女人都跟她一樣……每一個女人都跟她一樣嗎？」

……

……

儘管那時費爾泰對鮑副總的同情是不折不扣的真誠，他也不得不對自己承認，他們這一段談話結束以後，真正積極吸引著他的，是鮑副總在無遮地暴露了自己之後，他究竟會怎樣重新呈現在費爾泰——在這個全然沒有了自己隱密的人的面前。

用不著費爾泰久等，第二天一大早，就看見全盤端出的鮑副總：粉紅長袖襯衫，結領帶，黑西裝褲；微駝的背，窄瘦的臀部。沒有怪異反常的地方；沒有精靈機巧、遮前掩後的警覺。瀰漫在他全身上下的，是一種矇矓的快活。

首先，那天早上，他是一面走一面哼著曲兒進來的。用不著猜疑，誰都能看出他身上放射著的，的確是童稚的快活。隨伴著他無瑕的快活，是他充滿信心的積極進取。

他打了整天的電話，一講就是半天；那語氣、那表情，和盤托出他是怎樣深深沐浴在傾心結交的懇切之中。但也讓人看出他絕對不是專心一致的；他泛泛在外，廣結善緣在每一個角落，向周邊普放著博愛的光輝。

費爾泰婉拒了鮑副總邀請入股的盛意之後，鮑副總力挽狂瀾，撥轉馬頭，直入他老婆的話題，進而尋求他的救贖的強烈意志，讓費爾泰想起跳水的人縱身一躍的決然，那是任誰也阻擋不及的電掣雷轟。

我們根據以後的傳言細節，逐步拼湊出當天的經過。

「我家裡那個，我老婆，」鮑副總把費爾泰拉到會客室隱密處，沒等坐穩，就突兀地說起來。一開頭他的話聲極細微、極親密而神祕，讓費爾泰瞬間排斥起來的耳朵幾乎分辨不清他的話。

「什麼？」費爾泰問。

「我老婆，」鮑副總放大了音量：「我老婆打電話給我。你知道，費兄，我是下了決心要把我女兒帶開的。她在電話裡要我跟我女兒不要離開她，她說她願意重頭再來。他願意跟這些人斷掉；她願意去治療。她承認她是有病的。」

撥雲見日似地，把入股這個題目的陰影一舉撥開，鮑副總簡直有卸下了重担的興奮。

「這好呵，不過，動機呢，她的動機在哪裡？」費爾泰並不是很熱心地說。

「動機？」鮑副總心虛地：「動機？就是捨不得女兒吧，她對女兒還是有感情的。……當然，我會要她寫『切結書』的……」

他居然用上了「切結書」幾個令人啼笑皆非的字。是不是因為這幾個字的荒謬，他翻起眼來看著費爾泰，打算要說服他，結果卻變成要完全去說服他自己的樣子。

「費兄，你看這件事怎麼辦？」

然而他不等費爾泰回答，就自顧自說下去：

「我問她：你果真能跟他們斷了，你保證？你保證你不再找別的人了？她倒是答應得很爽快。不信她的話的，是我，我自己。我不敢信。我又不能——」

他緊緊咬住嘴唇的模樣，像刀片一般，薄、利、狠：

「我又不能把她縫起來！」

太大聲了，費爾泰不禁回頭四顧一下——旁邊沒有人；遠處只有嚴芸坐在位子上低頭寫什麼。

「至少，她承認這是病吧！她不是答應去治療的嗎？」費爾泰說。

電話鈴響了，找鮑副總的。

「我們明天再談！」鮑副總說。

第二天，兩個人都很冷淡。費爾泰裝得很忙碌。鮑副總打從一大早起就專心坐在他位子上，有意不來找費爾泰說話；是在等費爾泰去遷就他嗎？

有電話鈴響起，嚴芸不在辦公室，所以費爾泰就把電話接了。傳來一個女人的話聲。聽上去雖然是沒有社會應對經驗的聲音，倒也不是孩子氣的；是不刻意修飾、隨興放射、卻又非常精準的聲音。

這聲音說的是：

「請問，鮑傑偉在不在？」

毫無理由的慇懃，他把電話轉給鮑副總的分機：

「副總，你的電話！」

他接起電話，靜靜聽著，突然，他厲聲說：

「不要來吵我！」

重重掛上話筒。從此費爾泰便沒有看他抬起頭。大家猜不透為什麼費爾泰避諱地不問鮑副總有關這通電話的事；鮑副總更是高度緘默，絕口不說一個字。

這天中午，惠儀又在公司小厨房展現她的厨藝，煮了一大鍋烏魚米粉。那一陣子，公司幾位小姐——我們猜大概是惠儀起的頭——常興致勃勃地下厨做中餐。或三明治，或披薩，或下面條什麼的。嚴芸是她們中的例外；她因為不會，便只有在一旁遞碗盤送筷子、打打雜。自從擺脫了跟小魏的糾纏，知曉內情的費爾泰冷眼看見她努力想溶入大圈子裡；這努力倒像剝殼似地，把她的愚魯頑固剝除了一圈。小魏也洩漏了他的心虛，他很少回公司吃午餐了。

一人一大碗烏魚米粉，或站或坐，都圍在會客室四周；莊董那一份，惠儀特地送到他小房間裡去。

鮑副總捧著碗，食欲旺盛地呼嚕呼嚕吸吮著米粉；一旁的費爾泰也撮唇喝著魚湯。鮑副總的心情顯然十分、十分快樂，眼神骨碌碌飄向費爾泰，一飄過來便定住，有話要說的樣子。

費爾泰揣摩著鮑副總表情的真義，不等著他開口，搶先說：

「那件事處理得怎樣？」

他立刻接上話來：

「就是要來請教你！」

費爾泰向外退了幾步，鮑副總跟了上來。從他急切的步子，渴於奉獻的熱眼，費爾泰知道他那時除了快樂，他也正好是「強勢」的。

「不敢，不敢！」費爾泰說：「這還得要你自己拿捏吧。譬如說，你能不能夠忘記過去；能不能夠容忍……即使……」

鮑副總火熱把話題搶了過去，斬釘截鐵：

「這我不能夠，不能夠！」

他舞動手裡的筷子，忘了幾步之外的後面坐滿了人；不顧嘴裡的米粉碎屑，他激情地說：

「容忍她？笑話！門兒都沒有！我不要她！我女兒也勸我不要再上當！」

費爾泰固然因為鮑副總的大嗓門難堪，真正困惑他的是他不能確定鮑副總剎那爆發的究竟是狂怒，還是狂喜。他的語氣、用字是激憤的；他血色充沛的瘦臉、他綢起的雙眉與兩眼之間的細微部分，卻洩露著祕密、高蹈的歡喜。

對費爾泰，這是難堪的局面，——幾步之外就是一群虎視眈眈的人，他該怎樣才能從尷尬中脫困？他壓低了聲音，含糊地說：

「好，這樣就對了。」

裝出極好的胃口，又去厨房添了一碗米粉。出來時，只覺會客室沙發上瞬間塞滿了人，擁擠萬分的樣子。他們快樂地吃著烏魚米粉，歡笑一室。

有大半會，他找不到幾分鐘前還跟他一起站著密談的鮑副總。突然之間，他出現在他眼裡，就在費爾泰正前面的沙發上。他擠在原來只能容下三個人，現在加上他，擠進了四個人的黑沙發上，緊挨在惠儀身邊——原來，那擁擠萬分的印象來自於這裡——。這時，鮑副總正歪著頭，向惠儀的臉傾側過去，笑容堆滿一臉，快活的話聲夾雜著快活的笑聲。

簡直不是幾分鐘前那個狂怒與狂喜混淆不清的鮑副總。剛才的事像是全然沒有發生，只是費爾泰的幻覺；現在這個單純、愉快、滿足的人才是真正的鮑副總。

費爾泰好久好久以後都還記得這一幕的原因之一是惠儀。他記得那天的惠儀也格外格外格外快樂。滿滿的快樂彷彿她奮全力也承載不住，把她推向一個高處，昇華成透明至極的狀態。

我們跟費爾泰一樣，也都忘不了那個透明快活的惠儀。

四、尾牙

儘管合作案疑雲密布，在進出口貿易長紅的麻醉下，公司的股東和我們大家卻經歷著一股乘波逐浪的驚險快感。

對於今年的尾牙，莊董一如他平日處事的風格，在可容忍的範圍內，任憑大家去安排。汪先生循例擺出一付不在乎莊董的姿態，然而在虛張聲勢的掩飾下，他在暗中揣摸莊董的意向；只待捕捉到莊董一點點暗示，他便搶先動作起來。他用他肥厚的胸音、肥厚的手法，開始張羅著今年的擴大尾牙。

既然是擴大舉行，邀請的客人就不受限制。員工眷屬是必請，也必須出席的。大家聽說今年有「贊助」廠商，有豐盛的抽獎獎品等等，無不拉長了頸脖期待。

我們還有一個祕密的好奇，那就是，公司裡這幾位高級職員們的太太孩子們有些是沒見過的，他們都是什麼樣子，他們有什麼特殊之處嗎？有多事的人便四處去打聽有誰會「攜眷」出席。

莊董太太以老闆娘的身分，當然要列席的。汪先生這一家人根据往年例子也一定會來的，雖然百分之一百他太太一定遲到——打扮入時、濃妝艷抹地。我們聽說過若干關於汪先生一家的故事：譬如汪先生是第二次結婚，他的前任太太因病過世之後，汪先生便認識了現在的太太，一個第一眼看去美豔照人，再細看便如隔宿的黃花的女人。有傳言說她每個月總要刷掉好幾萬，所以汪生生只好拚命找財源。不過，每年尾牙大家都有碰面的機會，一年一次的見面，我們眼中的汪太太是個沒有心機的女人。對喝酒她有虔誠十分的敬意；你只要向她敬酒，她便會以一種天真爛漫的高興來面對你；你向她舉杯，她穩穩地凝目對你回望，似乎她在為你擔心什麼，因而真心袒護著你。幾杯酒之後，她的眼光便會變得非常安靜明亮、非常直率坦白。她給你很溫暖很安全的感覺，這一點倒是滿奇怪的。

小魏是進了「黎園」才結婚的。我們對他太太知道得不多。雖然大家都去參加了他的婚禮，但是新娘妝會把人改容，他太太的面貌看不準。小魏受汪先生之命分別電話邀請客人。問到小魏他老婆來不來，他總會眼光閃爍地說：

「不知道呀，要看她呀，」

事不關己的態度。他跟嚴芸之間的種種，早成了過去式了，他們倆人相互的冷漠，簡直叫人懷疑那故事到底是真是假。

我們最大的期待還是費太太的出現。沒有人見過費太太；不過，以費先生的老成持重，即使自大如汪先先，在接近費先生時，都不禁有相當程度的敬畏；大家對費太太的期待自然也莫名地含有幾分微妙的敬意。

趙祖安跟他太太會不會現身不得而知。問嚴芸是白問的。只要話題一碰及她舅舅，她如今略顯清朗的額頭，便會如火山爆發一般，灰煙密布，再度蒙上一層刺不透的愚昧頑蠢。

然而，尾牙那天最令人意外的竟是惠儀。

尾牙宴設在中午。規矩上女同事負責接待，是要提早到達現場的。那天，循規蹈矩的惠儀遲遲不見到來，反倒是鮑副總，一身整齊的黑西裝，早早到了飯店，一付歡欣鼓舞的樣子，見人就慇懃打招呼。

但是他也太過慇懃了罷？慇懃得令人不安；他目光四射，游移不定，透露著隱隱的焦灼。

遇著早到的公司同仁，他就會問：

「惠儀呢，惠儀還沒有到嗎？」

沒有人知道為什麼惠儀遲到；於是他就會皺起眉。這皺眉的習慣總會讓他的臉格外清瘦，讓他的激情更像一片在寒風中顫抖的樹葉；而滿頭的鬈髮格外顯出一種喧嘩的乖謬。他喃喃地自言自語：

「應該老早到了呀，我們早上還通過電話的！」

為什麼惠儀的遲到會讓鮑副總那麼關心；為什麼他要跟惠儀一大早就通電話，這個疑團不久就揭曉了。

惠儀匆匆地趕了進來。神色匆忙之外，有一份額外的仔細和忍耐，這是因為——大家忽然看見——她身邊多了一個女孩子，一個十五六歲的女孩子。

那個女孩子立刻奪去了大家的注意力，——被她一雙奇亮的大眼。那一雙眼睛不是天生長得大，而是她把它們強力睜得特別圓大；像是她要睜大眼才不會漏看了任何東西。她走進大廳，乍然曝露在四面八方向她投注的目光下，她眨了一下眼瞼，隨即眼睛就睜得更加大，一舉把凌亂射來的目光都招架住了。她微偏著頭，兩眼直視，決不退縮，彷彿她要獨力對敵所有視線，不讓它們逃散。我們聽見她跟惠儀說話，鋒銳得像是在宣示鬪志：

「阿姨，到了嗎？我們要坐哪？」

絲毫不畏縮地直視著惠儀。惠儀臉頰飛紅，手腳無措；體貼得有點誇張地：

「你跟我坐一起，那邊！」

惠儀這天刻意裝扮了一下，搽了胭紅、塗了唇膏，穿了一套新洋裝，整個人看上去有點笨拙乾燥，跟平日的豐潤細緻大是不同。

這邊，我們聽見鮑副總歡呼了一聲，快步衝上前，靈巧得像隻猴子。

「安妮，安妮，爸等了你好久，怎麼樣，惠儀，塞車嗎？」

「還好，我們出來晚了；副總，你去忙你的，安妮我會照顧！」

是不是胭紅搽得厚了些還是怎麼的，惠儀兩頰在大廳燈光映照下越發豔紅。鮑副總站在她們面前，興奮得幾乎要手舞足蹈起來。他跟惠儀說話，眼睛望著她，卻不是在看她，主要目的是——我們覺得——不去看他的女兒。

安妮留神聽他們講話，用她全部的精神在檢驗：她咀嚼著他們每一句對話，然後把話在腦子裡仔細過濾著。至於她父親的神經質，她全不在意；我們直覺地以為，她沒有別的原因，只是習慣了他的神經質罷了。鮑副總雖然不正眼看女兒，不時便偷瞥她一眼，瘦削臉上每一條肌肉的顫動、每一抹飛閃而過的表情，都是在他偷瞥女兒一眼之後，激烈爆發出來的。

「好，這樣太好了！」鮑副總興奮得不能控制他自己：「太好了！那就麻煩你了，惠儀！」

側過頭，這下才面對著女兒，卻眯起了眼；臉上寸寸肌膚擠在一起，簇擁著一個笑容：

「安妮，跟著阿姨，爸一有空就過來！」

他一轉身，很快走開，——只有像他那麼瘦小的人，才能轉動得那般輕巧——臉上擁擠的線條依然存在，而笑意褪去之後，線條便變成諂媚。他像是個得了獎賞的小學生，得意地走開了。

惠儀招呼安妮坐下。安妮一坐下，便撿起桌上的筷子，撕去紙套，伸手去挾小碟子裡的小菜。

「餓了是吧？先吃點小菜，」

惠儀貼著她的臉說；連忙把轉盤上的小魚乾、花生米端來她前面。我們都看見惠儀那有點緊張又帶點憐愛的表情。

「她是鮑副總的女兒，叫她『安妮』，安妮！」惠儀特意用英語發音叫她的名字：「她來玩幾天，暫時住在我家。」

惠儀對同桌的人解釋著，手扶著安妮的肩，十分明白的保護姿態。她擺脫了初進來時的尷尬，突然明艷起來。這時，誰也不能否認惠儀的美：從硬線條的臉部輪廓透露出柔軟，那種滋味特殊的美。

後來，我們根據聽到的一些傳說，把事實補充得更完整了些。原來，鮑副總為了要女兒立即脫離她母親，衝動地把她帶到他身邊來，卻一時半刻想不出好法子安置她，只好暫時借宿在惠儀家。至於為什麼在惠儀家而不是在別處，自然有其必然的緣故。

小魏的太太究竟是跟小魏一道進來，還是獨自前來，沒有人親眼得見。在沒有人作證的情況下，我們寧可相信我們的感覺：她是一個人來的。

因為她是以快速、乾淨、不拖泥帶水的方式進來。雖然大家對她印象極淺，她一進來我們就知道她是小魏太太。沒有誰跟小魏更相襯。是由於她的髮型、她淺灰色的套裝、她的身材、她的表情等等關係，還是別有因素，我們說不上來，只有籠統的直覺概念罷了。

首先是她的髮型。頭髮非常規矩地剛好長過雙耳，梳攏得整整齊齊，一絲不紊；極奇特的地方是右前額的一綹散髮，她用一枚髮莢，像管束不聽話的頑童，不管三七二十一，兇巴巴一夾而上——關起門，任誰也不許出來——。所以，她有一個十分光亮、十分乾淨的前額：這，或許跟她給我們的出場印象有關吧。因為有那種乾淨，因此從她臉上偵測不到大起大伏的感情。她是有耐心的；她是好性情的；她是有節制的；她也是放縱的——對小魏。可是，不知為什麼，我們都覺得她剛剛好制住了小魏。

但是，她光亮的前額也令我們不安。臉的整個正面是沒有問題的，除了你無法深入；不過，當你的視線慢慢移向旁邊，靠近髮緣，特別是她右前額那一枚令她的額門光亮整潔的髮莢附近，立刻你就開始擔心你的視線是在接近危險地區，隨時會有不可測的事情從那裡發生。

她跟小魏是和費先生夫婦同桌。是不是因為小魏太太的嚴謹、整潔暗示了一個賢慧能幹的媳婦的必備條件，費太太很快就喜歡上她；費先生也不例外，所以他們談得很熱絡。

我們偶然聽到這樣的對話。

費先生說：

「小魏哦，你好福氣！娶到這麼一個好太太！」

他勾起食指，遙遙點著小魏；以他的年齡以及他的社會經驗，這託大的姿勢他是運用得恰到好處。小魏拘謹地笑著，無端地臉紅了起來。

費太太笑靨和煦如春風，向小魏太太傾過身去：

「可不是；一看就知道的啦！小魏在家裡一定很聽你的話吧？小魏，你可不許欺負你太太哦！」

小魏太太似乎遍體都沐浴在費太太的溫暖中，不由自主地十分親近她，向她投去一抹孺慕的微笑；然後側轉頭來，笑容未改，卻是目光犀利地看住她先生，一句話也不說。

小魏把眼平視，也維持著先前的笑臉，只是由於越來越赤紅的臉色，那拘謹的笑變得帶點辛辣的意味。

費太太體貼又周到地變個話題，問起他們孩子。孩子才週歲，不能帶來，讓小魏的媽媽暫時照顧著；因此費太太又問候小魏的爸媽。

費太太滿足了我們每一個人的高度好奇。她達到恰如其分的年齡；有恰如其分的白皙豐腴；恰如其分、光彩動人的微笑。一身嫩黃套裝，一進大廳立即吸引住了我們大夥。費先生這天特意穿了一套西裝；兩鬢銀白，架著銀邊眼鏡；臉露微笑，誠懇穩重，十足可堪信任。

他們倆在預定開席前十分鐘到達，在門口迎賓的莊董迎了上去，寒暄了幾句，費先生領著他太太往裡走，一路介紹我們大家給她認識。

走到裡面一桌時，他們同時看到了惠儀和安妮。費先生手向前一擺，跟他太太說：

「這就是我常跟你說起的惠儀！」

他把「我常跟你說起」幾個字加重了語氣。費太太銳利地看了惠儀一眼——純粹出於女人對女人的好奇；然後笑得格外大方地向她點了點頭：

「原來你就是惠儀！常聽到你的名字。好漂亮哦！」

但是我們大家都認為這時突然顯得奇窘的惠儀，是她最「醜」的一刻：線條莫名地強烈起來；由於兩唇的失血，分外凸顯了紅艷的唇膏。她刻意要隱藏她的驚慌，把頭一低的動作，像是個被冤屈又不願辯白的小女孩要把自己關到房門裡去自苦。

費先生無所不在的細密，無所不能的世故，這時卻只注意到惠儀身邊的女孩子。他向安妮點點頭，似乎飛越了千山萬巒，問惠儀：

「這位小小姐是……」

惠儀迅速恢復了常態，但是笑容並沒有很快回來：

「噢，她是鮑副總的女兒，安妮，」

即使是費先生，也不由疑惑，他遲疑地：

「鮑副總女兒？」

「是，是鮑副總女兒，」她簡短回答。

「來吃尾牙嗎？」

「不，她來玩的，她——住在我家。」

她直視了費先生一眼，然後乾淨地收回視線；彷彿一切都清楚明白了。

「噢，」費先生若有所思地應了一聲。

全然的無私坦白，不偏不倚的公正，就是這時候惠儀完整的樣子，——比平日的她更勝幾分——使她的臉驟然光亮起來；她快樂地搖搖安妮的肩膀：

「安妮，叫費伯伯，費媽媽！」

從她進到大廳以來，我們就發覺這女孩子的一對眼睛是選擇性地變大。顯然地，對新奇、怪異的目標，她的眼睛就睜得又圓又大，奇亮地追蹤著，追出一個結果來。對沒有吸引力的對象，她便以無精打彩的兩眼來回應，眼角下垂，唇角也下斜；準確一點說，一付苦相。這時，她便以這付面貌來對付費先生和費太太。

「費伯，費媽。」她精簡地叫了一聲。

費太太伸手拍拍她的肩：

「好孩子，安妮。她是叫安妮吧？」

安妮先是緊縮了一下眉——這個表情，讓我們看出她跟鮑副總唯一相似的地方——接著，好像隔著衣服也能感受到費太太白皙的手的溫暖柔軟，她抬起眼，又亮又大的眼直接向費太太的臉搜尋過去，但是立即顯出迷惑，因為在費太太溫柔、毫不設防、幾乎有點天真的笑容裡，她找不到一點可以深入的空隙。

費先生向惠儀微微頷首，沒有再說一句話，相偕著他太太轉身向他們那一桌走去。惠儀垂下頭來，付出全副精神來照顧其實不用照顧的安妮。

費先生夫婦剛坐下，莊董領著他太太走了過來。

「費先生，我太太說要跟你太太坐一桌。她本來不願意來的，等我保證費太太也來參加，她才答應來的。」

費太太起身跟莊太太打過招呼，在旁邊勻出了一個座位給她坐下。

雖然她就是「老闆娘」，可是大夥從來沒有在公司裡見過她，只有在每年一度的尾牙她才現身。從頭到尾，她是以客人身分、旁觀者眼光，冷眼看著尾牙進行。我們從來沒有見過她陪著莊董一起向員工、來客敬酒。

她坐在費太太的旁邊，也必然是同一副姿態。她雖然就貼近在你一寸之處，卻像是從老遠的地方看過來；她虛虛坐著，隨時準備撤離。她目光遙遠，非常安靜，但似乎隱藏著某種懷疑，又懶懶地不願去深究。

這冷冷的不甘願，懶懶的懷疑，影響了費太太。為了避免尷尬的冷場，費太太打起精神來尋找話題，從先生到孩子，到日常消遣，等等，等等。莊太太生育了一男一女，身材依舊苗條，這成了費太太談話的快活的重點。莊太太面對費太太善良的不設防，加上你好像不會碰到阻力的那種柔軟豐潤，不禁在她尖削的臉上也露出了信任的微笑，鬆弛了她的緊繃。她挑費太太做鄰座，果然是正確的選擇。

昂著一頭捲髮的頭，微弓著背，滿臉熱烈笑容，半跑半蹦走過來的是鮑副總。他先把聲音送過來：

「費兄，費兄……啊呀，這位是大嫂吧？第一次見面，第一次見面……」

他在費先生旁邊的空位坐下來；只坐了椅子的一半，兩手撐在膝蓋上，是令人緊張不安的坐姿。他臉上擠滿了笑容，向莊太太說：

「哇，老闆娘也來了！」

莊太太身子後仰，退得遠遠地，搖著手：

「我不是老闆娘，我不是老闆娘……」

鮑副總說：

「你不是老闆娘，誰是老闆娘，還有另外一個嗎？嘿嘿嘿……」

「這你要去問莊董，我不知道，我不知道，」

雖然都是玩笑話，鮑副總的緊張激烈，莊太太的懷疑隔閡是立即感應得出來的尖銳。

鮑副總捨棄了莊太太，抓住費先生這塊浮木，穩住自己；而經由費先生，費太太向他飄送過來的柔風，把他整體吸引過去了。

「費先生是我的老大哥，」他打從心底感動地說；不由自主隔著費先生，傾身向著她：「費兄教我很多，幫我很多！……」

費先生輕輕拍著他的膝蓋：

「副總，副總，哪裡話，你言重了！」

手指著裡面那個方向：

「副總，我們剛跟你女兒見過面了，是位大小姐了嘛！」

「噢，見過安妮了嗎？」鮑副總垂下兩眼；彷彿原本他極力迴避的問題，現在既不能閃躲，便不如直接快速地進入最壞的狀況。他憂心地說：「這孩子是我的痛處，我現在也不知道該怎麼辦。她有主見，可是她到底還小呀！這幾天虧了惠儀幫我照顧她！」

費先生又拍拍他的膝蓋，沒有說什麼。鮑副總毅然站起了身，要把焦慮都抖落到一地似地，把笑臉又堆了出來：

「好，你們這邊坐坐，我過去跟銀行幾位朋友打個招呼！費大嫂，今天最高興的事就是能跟您見面！」

費太太欠身謝謝。這裡鮑副總已經微弓著腰，走到前面去了。他脫掉了西裝上衣，粉紅色襯衫撐開在他背上，越發顯出他的一身瘦骨。

菜一道一道開始上了。這是一家名氣很響的台菜餐廳。每一道菜都是紮紮實實的，比歷次的尾牙宴好上許多。滿意的笑聲和話聲，使得整個餐廳熱鬧非凡。

汪先生跟他太太，帶著一兒一女，一直到上了好幾道菜後才進來。遲到原是他們的習慣，不足為奇。我們聽見汪先生肥厚的胸音響徹了大廳，跟每一個來客爛熟地打招呼，像是動物在牠的地盤宣示主權：這裡只有他才罩得住！

汪太太也是只有在尾牙宴才會現身的。一如往年，她神態裡一種很獨特的安靜，挽回了她這一型、這一類打扮的女人可能會陷入的「過度」，因而在大家心裡建立了一些好感。尤其在她喝了幾杯之後，直率地看向你的眼裡透露著的袒護你的神情，——那的確是很安慰人的。

汪先生端著滿滿一杯紅酒，一直朝費先生這一桌走來。他已經橫掃了全場，測試完了他的人望，高度自滿、越發肥厚的模樣，來打通這最後一關。

「費先生，」他舌頭也變肥厚了，不十分靈便：「我剛從另一攤趕回來，他們喝的是金門高粱！」

「你是忙人哪，汪先生，」費先生轉身向站在椅背後的他說：「大家都少不了你呀！」

汪先生從自滿中擠出一絲無奈，露出肥厚的下巴；他彎下腰，有意壓低嗓門，但是雄厚的共鳴依舊：「沒有辦法呀，我不去誰去？莊董是只在辦公室的。生意不是坐在裡面就做得起來的呀！」

費先生模糊地微笑著。莊太太就在鄰近，他移動身子，擋在汪先生跟莊太太可能連起來的一條直線上，想藉此擋開汪先生震耳的胸音。幸而，汪先生這時真正目的不在標榜自己，他是被費太太吸引過來的。

「這位是費太太嗎？」他直起腰，擎起酒杯：「我敬您一杯。我們公司裡，費先生是對外的，我是對內的，我們合作得很好。國內市場需要什麼東西，我都會知道，我就會請費先生去國外找貨……」

他對著費太太——只對著她一個人——滔滔不絕地說著。他說給她聽，但是透過她，也說給在座每一個人聽，大家都明白他的用意。

莊太太用很奇特的眼光盯著他。那眼光的基調仍然是懷疑的，置身事外的，但混進了一絲驚訝和不解。她沒有說一句話。其實，她除了跟費先生和費太太交談以外，她幾乎沒有跟別人說上一句話。

汪先生似乎又覺得前進了一大步，全身都舒展開來。

「小魏，」他隆隆的聲音指向對面的小魏：「不要老坐在這裡啦，也該去敬敬酒呀，」

汪先生對小魏習慣以大辣辣的口氣指揮的，此刻，即使小魏太太就在一旁，汪先生也絲毫沒有收斂的意思。

「好呀，好呀，我這就要去，」

說歸說，依舊坐著不動，好似被一股極大的力量鉗制著。現在換成小魏太太的眼光逡巡在汪先生臉上。之前她是嚴謹卻隨和的，這時是細密而追究的；也有莊太太眼中的驚訝，不同的是，莊太太懷疑，小魏太太確信；莊太太置身事外，她全身投入。

她微微側臉，淡淡望了小魏一眼。小魏兩眼平望著桌面，沒有動靜。

汪先生又說：

「阿國在那桌等你，你還不趕緊過去？順便也好把那批貨跟他談定了！」

小魏這才起身：

「好，我這就過去。」

我們那天極度好奇的是，以小魏太太的嚴謹細密，有沒有留意亂哄哄人群中的嚴芸。後來我們終於合理斷定小魏太太的確沒有嚴芸的印象。可以確定的是，小魏太太是不知道小魏跟嚴芸之間的荒唐事的，因此她斷斷不會分神去注意一個不認識又平凡的女孩子。

何況那天嚴芸遠遠避開了公司同仁，跟不相識的來客，共坐在最偏遠的一桌。

不知道是不是因為她警覺到小魏太太蓋地而來、密不透風的無所不在，迫使她必須隱遁到陌生人堆裡去，我們恍惚見到一隻野貓藏匿在角落，驚恐、警覺、野蠻地四處張望著。

尾牙宴進行到一半，喝下去的紅酒起了作用，氣氛熱烈混亂起來。莊董四處找人乾杯。他也來找費先生喝酒。莊董那件白色波羅衫胸口滴上了幾滴紅酒跡，分外顯眼，倒像是頑童的惡作劇，一不留神在大庭廣眾之下漏了馬腳。莊太太把這污跡看在眼裡，而且紮紮實實看進眼裡去了。她把它歸入了家務事，因為懷疑從她眼裡消失了。她看莊董像看家中一件家具一般那樣平實地看著。

趙祖安在近尾聲的大混亂中潛進來。說「潛進來」一些不錯，因為他實在謙卑得可以。為了避人耳目，他彎著腰，躡手躡腳一溜煙進來，就近找了個空位擠進去坐下。

他這是矯揉造作，多此一舉。以他「安那」名頭的響亮，同業有誰不識得他呢？早有人紅著臉在一旁對他吼：

「安那，現在才來，罰，罰，罰！」

他站起身，搖著手，目光四處游轉：

「不行，不行，我有糖尿病，糖尿病耶！不能喝酒，不能亂吃東西！」

「什麼糖尿病？騙得了誰？」

莊董、鮑副總迎了上去。莊董酒意更濃，大著舌頭要跟趙祖安喝酒。

「真的不行，我有糖尿病耶！」

「酒喝不夠才得糖尿病，喝夠了糖尿病就好了！」莊董醺醺然說。

鮑副總雖然笑得一樣熱烈，站在一旁卻沒有什麼言語。

渡過了初出場的羞澀，趙祖安便挨桌去打招呼。不時就聽見他在重複：

「我有糖尿病耶……」

不知什麼時候，隱身在角落裡的那隻野貓不見了，以後再也沒有看見她。她來也沒有人注意，走了也沒有人發覺，對大家，她自始就不存在。

趙祖安來到費先生這一桌。我們看見他原先是有些猶豫的，有心要越過這一桌；遲疑了片刻，還是走了上來。費先生其實已經在準備著。

「啊呀，趙先生你到底來了，」費先生說。

趙祖安小心披掛的護身鎧甲彷彿被費先生一劍便劈開了一個大窟窿；他忙著修補掩飾：

「不好意思，不好意思，外面有點小事耽擱了！莊太太，我不能喝酒……我有糖……以茶代酒，敬你一杯，」

唇都沒沾上酒杯，立即面向費太太：

「費太太是吧？……」

費先生不等他再說，霍霍又刺出另外鋒利的一劍：

「這是趙先生。趙先生可是我們合作案的大股東，沒有他，合作案是成不了的。」

趙祖安一雙眼四處颼竄，嘴裡說著：

「費先生，不要這麼說……什麼大股東，我們只是小卒喇，費先生才是公司的大將……好，好，你們各位慢用，我還要去哈囉一下……」

不等第二句話，他轉身就走，披頭散髮一般狼狽。費先生目送他走遠了才坐下。莊太太的眼光突然明確起來，具體而清楚地跟旁邊的費太太輕聲說，卻一點也沒有壓低聲音的意思：

「這個人的眼睛跟老鼠一樣！」

費太太笑了起來：

「是呀，好奇怪哦！」

費先生說：

「趙祖安是個厲害角色！」

跟莊太太一樣，他沒有掩飾惡意的念頭。

趙祖安一路走過去。經過費先生凌厲的兩劍的刺戮，他走動得很小心，像是越走越近真象，便越來越不安全，眼珠子警覺地四射打探。

這就到了惠儀那一桌。鮑副總在這面陪他女兒。非常安靜的一桌，滿桌的剩菜，鮑副總在慇懃勸大家吃菜。他一個人的聲音，激奮、熱烈，但是好空洞、好孤獨。

連惠儀，這樣一個容易接受現實的女孩子，都沒有呼應他：她繃得緊緊的全副精神集中在安妮身上，雖然她對安妮什麼也沒有做，什麼話也沒有說。她跟鮑副總兩個人都有很奇特的表情，很專注、很內斂，怕刺激對方，或者怕對方受到傷害的樣子。

所以，當趙祖安走上前來的第一瞬間，唱獨腳戲的鮑副總幾乎是快樂的。

「副總啊，你一個人怎麼一下子躲到這裡來涼快了，我到處找你不到，要敬你酒呢！」

鮑副總在無端的快樂的莫名刺激下，伸手攬住「安那」的肩：

「喝酒？可以啊，來，來。你杯裡那個是什麼東西？是茶嘛，用茶來唬弄我，不可以！」

「喂，喂，副總！這個不可以，我有糖尿病……」

「什麼糖尿病？你騙不了我！我今天非要你喝，你不是說要敬我酒嗎？來啊！」

趙祖安身子側向一邊，讓出自己的肩膀；忽然看見惠儀，眼珠骨碌碌地：

「我說呢，副總，你原來是要跟漂亮小姐坐一起！好，好，我不打擾。——這位小美女是誰？惠儀，是你的嗎？」

惠儀滿臉通紅：

「趙先生，你說什麼！這是……」

「她是我女兒！」

鮑副總迅速瞥了一眼安妮。那是充滿了不安和擔心的一眼；他似乎是要從女兒身上確定什麼。

「你女兒？啊呀！對不起，對不起！」

但是，他的歉意真是虛偽得可以，因為他接著脫口而出說的是：

「不像啊！」

鮑副總突然正義凜凜地：

「誰說不像？不像我也像她媽！」

安妮原來一直低著頭在吃菜還是做什麼，這時頭一抬，眼睛睜得既圓又大，奇亮地向趙祖安望過去；雙手一縮，撐住桌沿，上身傾向前，似乎要衝上來，擋住什麼。

趙祖安還在說：

「像媽媽，當然囉，那麼漂亮！媽媽來了嗎？鮑太太在哪裡？介紹認識認識吧！」

是「安那」把安妮看成小孩，不當回事，還是他把安妮的大眼中那麼明顯而巨大的恐懼和憤怒一起作了錯誤的解釋——不論屬於哪一類，都足以證明他這個人的自我中心；而且，奇怪的是，都跟他的斤斤計較、唯利是圖的個性直接有關。

只聽見他高亢的尖嗓子嘰哩瓜啦地繼續在說，眼睛在安妮和鮑副總臉上亂竄，像嗡嗡嗡，驅趕不去的蒼蠅：

「像爸爸也不錯呀，我們副總一表人才，英俊瀟洒，真的是……」

鮑副總眼睛血絲滿佈，厲聲說：

「安那，安那，不要再說了，不要再說了！」

我們奇異地覺得，鮑副總不是在生趙祖安的氣；他生氣是生給他女兒看。而他女兒似乎跟我們大家一樣，體會到她爸爸的氣憤中那微妙而可怖的虛張聲勢，因為她埋下頭來，用雙手握住臉。我們以為那不過是小女孩害羞的普通動作。

鮑副總驀地站起身，向他女兒那個方向衝去，卻仍然慢了一步。安妮發出悶悶的嘔吐聲，推開椅子，就在大廳中，左閃右躲，大步跑了出去。

吃了一驚的惠儀，先是怔住了，回過神來也跟著跑出去，壓低了嬌柔的嗓子喊著：

「安妮，安妮，等等我！」

因為要跑過那麼多擁擠的桌子，經過那麼多人，所以我們總算看清了那一剎那的惠儀是怎樣一個惠儀：是一個對結局陡然透徹瞭解的惠儀；而為了貫徹她的有始有終，她把自己全然置之度外了：是這樣一個堅毅卓絕，刻苦容忍的惠儀。

鮑副總站起身之後，就沒有走動一步，失魂落魄地茫然向前望著他女兒跑出去的方向；微駝的背，撐著一頭捲髮的頭；失血的嘴唇微微發抖，喃喃地唸著：

「這個孩子，這個孩子……」

這是「黎園」辦得最輝煌的一次尾牙宴，之前以後，再沒有比這次更熱鬧了。有幾道菜，比如那道魚翅雞湯，就最是大家所津津樂道的。

但是光彩一下子就黯淡了。辛苦爬上了山巔，不可避免的下一步就是下山。第二年，合作案正式宣告失敗，投資國外的器材設備就地轉讓給了老約翰。可想而知，這是費先生一場艱辛的戰爭。每天我們看見他手執話筒，國際電話一講就是一兩個小時。之後就面色沉重地到莊董小房間密商。通常鮑副總都會在座。汪先生則甚少與會。

有時，——總是在莊董電話力邀下——趙祖安也會前來。那就絕對是一幕值得我們一觀的場景。我們還記得尾牙那天，他是以謙卑潛入的方式，掩飾他的遲到。

而他為了合作案的善後到「黎園」來，則是昂首挺胸，極其傲慢的高姿態。莊董的小房間的門是關著的，卻關不住「安那」的高亢銳聲。我們發覺他的用詞倒是很禮貌；腔調、語氣則是強悍、堅決、不妥協的。「我就是這個樣，你們看著辦好了！」他的神態在這樣說。面對三個人——莊董、鮑副總、費先生——，他絲毫沒有懼意。莊董表情凝重，垂首看著自己前胸；鮑副總緊緊鎖著眉，非常激烈的樣子，我們卻看得出來，他一步也跨不出去，——根本問題是，他不知道該怎麼跨。費先生是沉默的中性角色，以他的立場，其實他不能說什麼。

趙祖安最後那一次走出莊董房間，表現出受到重大傷害的委屈。但是我們知道他是大獲全勝的。我們不曉得他怎麼能夠一步不讓就成為贏家。所以我們才覺得這是大可觀察的場景。

莊董靜靜坐在他的大靠背沙發上沉思著，一動也不動：通常他都以這種姿態面對挫折。鮑副總則因為不敢面對莊董的靜默，從小房間走了出來。他手叉著瘦腰，微駝著背，緺著眉游目四顧，不知道是說給誰聽：

「他媽的，碰到這種不要臉的人，你有什麼辦法！」

不在場的汪先生不久就知道經過了。他進到莊董房間，關起房門來說話。隔著玻璃門我們看到勇猛果斷的汪先生和嚴肅沉默的莊董。

第二天，汪先生當著全公司同仁的面，站在嚴芸桌前，震動著他的胸音說：

「嚴芸啊，現在公司不景氣，業務也沒有以前忙。我看你就做到這個月底吧！趁著還有幾天時間，你就把該交代的事交給惠儀吧。……我看也應該沒有什麼好交代的！」

說完，他站著不動，靜候嚴芸的反應，以便再進擊；臉上肥厚的肌肉看不出一點表情。

嚴芸迅速、順從地回答了一聲：

「噢！」

這才是她真正的恐懼。如果她以完整無缺的愚癡回應你，那就表示她完全不在乎了。汪先生這具巨大的共鳴箱似乎震碎了嚴芸的愚昧。不過，我們從旁看來，全公司能讓她害怕的，大概也只汪先生一個人吧。

嚴芸是「黎園」開始走下坡路第一個離開的人。她之離職，與其說是「黎園」就此養不起嚴芸，不如說她是報復下的犧牲品。這樁事的可憫之處，在於嚴芸被犧牲卻無關乎任何人的痛癢。她舅舅趙祖安嗎？他不是老早就跟她劃清了界線？

費先生有一天跟大家聊天，說起他接到一通嚴芸的電話，那是在她離開「黎園」好幾個禮拜後的某天中午。

她這通電話毫無理由地讓費先生印象深刻。

「嘿，」費先生半沉思半回憶地笑了一聲：「她聽見是我的聲音好像很高興。

嗯，不是這樣；我應該說她本來就很快活。她有點變了。」

根據費先生含蓄的描述，嚴芸並沒有說幾句話。她向費先生問好。這問好的語氣——自由的、好奇的、帶點開玩笑的侵略性的——讓費先生覺得她「有點變了」；而且似乎不光是「快活」兩個字就能概括他對她的瞬間印象。

費先生順便禮貌性地對她說：

「有空就到公司來坐坐嘛！」

電話那頭的回答立即而毫不猶豫：

「嗨！費先生，現在我就在公司門口！」

費先生冷不防打了一個寒噤；一時接不上話頭。

對方也冷在那裡，像是故意把話筒從耳旁挪開，然後冷冷地、好玩地靜觀費先生的反應。

她把這個玩笑推展到了極限，好半天才出聲解圍：

「好了，費先生，我該走了！」

費先生這樣解嘲地跟我們說：

「我連話都說不出來。真是八十歲老娘倒崩了娃兒！」

沒有人笑費先生，因為我們跟他一樣，也都莫名其妙地毛骨悚然起來。

第二個離開的是惠儀。不知為什麼，我們都認為她的離開是必然的，而且就在尾牙宴之後不久。我們是看著她跟隨安妮跑出去的；跟安妮一樣，那天她跑出去以後就沒有再回來。尾牙次日是禮拜天，所以我們到星期一，也就是說要兩天之後，才能看到她。

我們不曉得該怎麼來看待她的重回我們大夥。我們大概都會同意惠儀是屬於美與不美甚難界定的那一型女孩子。也就是說，她橫跨了美與不美兩個極端；她強烈的線條可以突然把她高高烘托得極其美艷；也可以把她拖累到不美的深谷。她能夠奇妙地在兩極之間悠遊來回，卻絕不拖泥帶水、絕不混淆不清。你可以明確肯定她現在的確是明艷照人；也可以在另一個不同時刻，確然把她歸屬到深度的不美。這或許都跟她臉部的輪廓有關；至於為甚麼一樣的輪廓會引向不同的結論，沒有人說得出一個道理。

那個星期一早上的惠儀把另一個結論呈現出來給我們看。她穿一件白色洋裝出現在辦公室。我們立刻清楚明白、絕不會誤認地看見了她全身散發出來的一種乾淨的中性。她超越了美與不美；不是冷漠，也非關無情，只是清清楚楚，非常自覺地存在著。

她是有點嬌弱，——在跟你說話的時候。她刻意營造一段溫柔的距離，使你不忍心逾越。你知道就在若即若離的不遠處有一個謎，但你狠不下心去殘酷破解它。

是不是這些印象的總和就是她必然會離開「黎園」的結論，沒人敢武斷肯定；不過不久之後，大家就聽說她已經向莊董辭職了，理由是她家裡替她找到一個任公職的機會。公家機關工作穩定，又有退休金的保障，自然是沒有不去的道理。

消息確定之後，費先生要為她餞別，邀大家作陪。記得那天是安排在一家牛排館吃午餐。中午下了班，大家徒步走過去。

惠儀究竟還是惠儀，到了這一刻，她終於從她乾淨的中性走出來，像存放在冰箱保鮮的冰淇淋，一出了冰箱就溶化了。她溶化得好快，一下子就到了感情豐富的地步：她露出脆弱的快樂。

她小心翼翼地照顧著費先生。一會兒提醒他前面有石階，一會兒輕輕拉他一把，以免他一腳踩進水溝。像是他女兒一般貼心。

就是在這一次聚會，我們才後知後覺地比較精細地發覺，一旦惠儀傾向於實際的時候，她就會奇怪地變醜。所謂「實際」，就是她偏向世故化；她工作的高效率；她去下廚；她展現日常生活中的小能耐；她……等等情況。

因此，這天中午她從中性出來的第一個傾向，是變醜的危險。費先生一開頭倒一點也沒有注意她臉部輪廓的變化；他不時向她投過去的眼光，先是客套的感激，慢慢凝結成不斷的專注；如果不是有許多人在場，那簡直進一步就會是深情的注視。惠儀立即體會到那眼光，——因為她臉上隱隱約約現出獨享的恬靜的滿足。

然而費先生在即將進入個人的隱密深處的一瞬，警覺地浮游出來，騰昇到廣泛、普遍的父性；這要從他極微小的一個動作說起。他伸出手，在惠儀的手背上輕輕點了點，說：

「多吃一點吧，今天可是歡送你的，」

這句體貼的話，卻提醒了惠儀甚麼，她矜持起來，像是把散布在外的自己向裡面收回。——把游離在外，潛在的「美」的因素收回她心底。

她慢慢從「黎園」的財務狀況，引出一段關於汪先生內情的大題目說起。於是，精明——或者「世故」——出現在惠儀輪廓鮮明的臉上：而這就是摧毀她的開端。

「財務是沒有問題的，」她說；權威按序進入她的精明，向前帶動了那毀滅：「至少短時間沒有問題。不過，有一件事我常常跟莊董提起要儘早解決，不然，遲早會有事，」

她垂下兩眼，確定沒有比她更知道內情的人，她才收放自如地往下說：

「你們知道嗎，汪先生一直在向公司借支，借了也不還，我看他的股金全都快被他掏空了。不還錢就變成呆賬。我每年都提醒莊董。不過，我看莊董也沒有辦法。」

所有在場的人，包括費先生在內，都有窺密者的祕密滿足；看在惠儀眼裡，她的滿足不下於我們大家。

可是，我們終究漸漸察覺到發生在費先生身上的微妙轉變：深情的專注，變成了廣泛的博愛；而費先生的轉變，導致惠儀在實務上的本能發揮，終於佐證了我們的看法，那就是：當惠儀世故起來的時候，她就失去了她的迷人氣質。

沒有人問起尾牙那天她是怎樣解決安妮那個棘手的臨時插曲。那時已經陸陸續續有了關於鮑副總跟惠儀的傳言，大家心裡有了這些故事作為底子，那個問題自然是普遍存在的，然而，出於護短的體貼，沒有人願意提出來問；費先生的歡送宴沒有邀請鮑副總，明顯地是出於類似的護短心理。

接下來是費先生的退休，這是一樁大事；首先，費先生自己就似乎經過一番內心掙扎。誰也不能否認費先生在公司裡的份量；費先生對這一點顯然也頗自負，可想而知這退休的決心是難於下定的。難在一旦下了，就得鐵石般堅硬，寸步不移，這樣才能保持費爾泰之所以為費爾泰的高純度。

他的堅定在莊董前面得到完全證明。其實，大家也知道，要在莊董面前表現堅定並不困難，因為莊董不善於處理這種局面——汪先生往往充分利用了莊董的弱點——，而且，莊董會先從實際面的各個角度考量起，所以堅定不堅定，對莊董是次要的。

可以想像得到莊董怎麼樣怔住了不發一語的神情，他把頭垂下來，看著自己前胸，一面整理著他奔忙的思潮。費先生一定看出了莊董的困難。不等莊董開口，他平靜地說：

「我會等公司找到適當的接替人選，交代清楚再走。」

莊董這時抬起頭迅速打量了一下費先生：他看到的是一張坦誠的臉，沒有任何實際利益參雜、不帶任何條件的臉。於是毫無疑問的：費先生是走定了。

殺進來阻擋的是鮑副總。他激動凌亂，嘰嘰喳喳說了一大堆話：

「費兄，你還這麼年輕怎麼可以退休！你身體好，經驗豐富，公司不能沒有你，你絕對不能現在退休……」

他越說越荒謬；彷彿全篇話是在開玩笑，雖然極端善意，卻是不誠實的。相對於鮑副總的語言，他的激動和他的紊亂倒是再真實不過，他竟然掩飾不住他的傷感。他最後一點的意氣風發都消失了。一般認為，費先生的走，直接影響到了鮑副總的離開。

汪先生對費先生的退休採取隔離疏遠的態度，他在觀察。費先生知道這觀察最後會引發出什麼樣言不由衷的陳腔濫調，所以有一天，他就直接跟莊董這樣說：

「請董座不要為我安排什麼歡送會這一類的。我是真心不喜歡這一套。如果董座堅持，我今天下午就走！」

一直到這時候，大家才約略覺悟到費先生是以退休來鎮壓一種憤怒——一種正義懍然、我們難以理解的憤慨。汪先生剛好是它的一道宣洩口。

莊董果真沒有給費先生舉行歡送會。費先生盡心地為公司面試了應徵人員，選定了一個剛從國外唸完碩士的女孩子；辦妥了移交，在一個上午，揮手向大家道別。我們默然無語，彷彿目注一顆星球在脫離地球軌道：莊嚴、巨大而肅靜。他一下子就跟我們無關了。

鮑副總在費先生離開之後，變得孤獨了，更加瘦小。我們這才知道孤獨原來這般可怕，它會把一個好看的人變得難看；把難看的人變得醜陋。鮑副總的變化起自於他的身體：他被孤獨剝奪得赤條條的，難堪而尷尬。他不是變瘦，他是被壓縮、被簡化了。

他有不能後退的隱痛，所以只有不顧一切，埋首前進。儘管費先生的退休是一帖清涼劑，彷彿極目遠望，碧蔭下的一彎清泉，他也只能看作是他的禁地，絕望地、片刻不停地繞越而過。

鮑副總的離開「黎園」，也被認為是必然的。既然前進是他的宿命，前頭就是一個坑，他也只得踴身下跳。

他在「黎園」的角色越來越不可辨。然而有一件事卻是相反地越來越清晰、細節越來越豐富，那就是他跟惠儀之間的傳聞；他跟他太太之間的糾葛。

五、又見救贖

從傳聞拼湊起來的故事中，我們相信鮑副總和惠儀倆有形的開始，就是他們共騎摩托車出去的那次。

不過，還是話說從頭吧。

我們還記得惠儀怎樣一遍又一遍替鮑副總打報告；她怎樣耐心替他製作名片：字形換了又換、紙張顏色左挑右選，最後選定粉紅色，加上他得意的註解：「粉紅，是我的幸運色！」——這句話的誇張效果，是一記無名重擊，敲入我們措手不及的腦中，紊亂了我們的正常思路，把我們逼入汗毛直豎的啼笑皆非境地。

這時的惠儀是技術性的專業、世故性的服從，所以並不動人；而鮑副總則正在全力醞釀他的「強勢」，他的精神繃得跟他的背一樣，微微弓著。

費先生對惠儀時而深情的專注、時而君子風地保持距離，也不是祕密，所以很快地，像一劑觸媒，費爾泰點亮了鮑副總兩眼。

起先我們總以為鮑副總兩眼細小，是因為他總是緺緊了眉；現在有了新註解：那是因為在他對惠儀的注視中，壅塞著急於從他內心衝擠出來的焦急。

那天，他大膽而冒進地向惠儀說了：

「你穿這件衣服好漂亮！」

他眼裡的焦灼便被一種新的光輝代替。——被費爾泰點燃的光輝。

從此，他每天以新的亮彩接近惠儀。先是釋放出試探的光；隨時準備後撤、收拾善後，因此那光彩裡面了一些諂媚。諂媚之外，擠進來的是新鮮的期待。做足這些準備，為的都是其後那萬頭鑽動的快活；他簡直像是要飄浮起來的樣子。

惠儀純熟的技術和深度的世故，固然一出現就減弱了她動人的氣韻，讓輪廓強硬起來，把豐潤多汁瞬間榨乾；然而終究那只是我們感覺上的色譜的變異，她內裡那無限延展的一片綠野是不變的。她把自己客觀寬容地獻出來，你可以在那片綠野盡情奔馳。而每一枚細草的驚動，都直接傳遞到她靈魂的細微極處去。

女孩子敏感的本能立刻辨識出鮑副總眼中光彩的意義，並且以她的純真不染，無條件承受。

也許就是這純真不染，讓人分辨不出她接受費爾泰跟接受鮑副總有什麼不同；她以一視同仁的快樂開放對待他們。

但是鮑副總是不同的。他有薄如蟬翼的神經系統；有超高音弦的易感情緒，風吹草動，他頃刻間便會共振起來。而對於來自惠儀的暗暗柔漪，強烈的共振讓他像一片樹葉一般顫抖起來，不自覺地把費爾泰完全擠出了他的視覺。

當惠儀看懂了這些，開始從無限展延的綠野縮小她自己，向鮑副總拋出了那句試探：

「副總我載你出去好嗎？」

對費爾泰，這句話代表了惠儀看向自己的一雙眼：格外的清澈無私，他意識到她正在放鬆牽他的那隻手；而對鮑副總，這是憑空揮來的一鞭，他像一匹驚跳起來的稚馬，不必上鞍便被馴服了。

那是豔陽當空，好熱的一個下午。鮑副總上身正是他的幸運色——粉紅——襯衫。他們一前一後：惠儀在前，鮑副總在後，從大家眼前走出去。

惠儀為了避陽，套了一件長袖白夾克。

「是，是需要一件長袖衣服來遮陽；太陽太兇了！」

鮑副總吵雜地為惠儀辯護著。

惠儀笨拙起來，好半天才把車推出車棚。耀眼的陽光把她的臉頰照得透明豔紅；不錯，這真是一張汁液飽滿的臉。可是，在陽光的強照下，她反倒出現了美與不美的模糊的掙扎，這是為什麼？

她緊緊抿著嘴，兩眼朝下；小心謹慎地，彷彿走在一道險峻的堤岸上。她從皮包掏出一付深色太陽眼鏡戴上。她隨即換了一付面貌，但這次墨鏡卻慳吝地沒有把她從模糊地帶提昇出來。

而這時候，鮑副總開了他自己一個莫名其妙的玩笑，成為這一段共同旅程裡，他們兩個人心中的疙瘩。

鮑副總笑得很開懷地說：

「我這麼重，你載得動嗎？」

惠儀已經跨上了摩托車；回過頭來，墨鏡遮去了一半臉，夾克的領子鬆鬆地圍著她細白的頸項。每一部分的呈現都是精緻的，但卻是鬆散、臨時的組合，缺少貫穿一致的緊密。

她老老實實地說：

「不會吧，我載得動的。」

她回頭朝前，說：

「副總請上車吧。」

其實，他不等她說話，已經跨上了後座，而她竟然毫無所覺地說出請你上車這句話，這簡直是不可思議的荒誕；超現實的滑稽。

然而兩個人都十分嚴肅地不說話，彷彿突然誤觸到什麼不明的禁忌。惠儀發動車子一衝上路。鮑副總僵硬挺直地向後一仰，像綁在細竹竿上的一個木偶。

他被載的經驗顯然不多，兩條腿往前挾得緊緊地。一開頭，他根本察覺不到自己神經質的動作，因為他的兩隻手在同一個緊張時刻伸向前，尋找安全支撐，扶住了前面惠儀的腰；不是扶住，是緊張地按了下去。

立即反應在他手心的是奇特的柔軟，瞬間便膨脹成無邊龐大的黑暗巨海，是他完全不認識的。格外陌生的是在他十指之間，蜿蜒橫亙的那一條細小頑強的帶子，這是在迷亂的柔軟中唯一給他方向感，提醒他錯誤到什麼程度的一樣東西。

在他自己臥室裡，他永遠沒有機會認識這道小小藩籬。幾乎是一剎那間事，他老婆就裸現在他面前，不勞他的兩手去解決這個幸福的難題。沒有半瞇的眼睛；看不見緋紅的臉頰。井然有序，像翻開一本書一般簡單。然而一旦開始，驚濤駭浪就暴然而至，狂野，冗長。可是，其實他覺得他老婆是在實行一個計畫：有節奏地一步一步完成它。一塊磚一塊磚把牆砌到高處，然後驟然收手。在他們結婚初期，每天就沉迷在執行這種有步驟的計畫。以後，他當然不明白也得明白為什麼這件事會變得那麼古怪，那麼狂熱。

頑強的細帶提醒了他的感官意識，他驀地感覺到從他緊張的兩腿傳來同樣的柔軟。他的腿貼緊了惠儀的兩腿。這粗魯的入侵太明顯了，難怪惠儀越騎越快。鮑副總精神一鬆；雙手從她腰際撤退，縮向後面握住後座弧形把手；汗涔涔而下。是為了解嘲嗎，他從後面提高了嗓門，這樣諂媚地誇讚她：

「惠儀呀，你摩托車騎得真好呀！」

在被鮑副總「挾持」的時候，她也不過就是一隻被驚嚇得無從掙脫的綿羊；而他空洞的讚辭卻讓她真正茫然起來。在身上的箝制盡去的一剎那，一個巨大恐慌的懷疑潛入她心裡，填滿了留下來的空白：這個人到底是個什麼樣的人，他在想什麼？

對這一點她根本無從判別。她飛馳到了目的地，放下鮑副總，架好車子，臉上流露著冷冷的猶豫。鮑副總繼續他一向來的慇懃熱切的笑，偷偷向她快瞄了一眼，得不到結論：小偷幸運逃脫的竊喜不自覺地寫在他臉上。

雖然沒有得出任何結論，他詫異地看見一個豔麗起來的惠儀，這只是她回過身來，一轉眼之間的變化。更加強烈的輪廓，這時卻不是醜陋的幫凶，而是對美麗的狂熱歡呼者。她有一點點冷，一點點遙遠，一點點迷惑，一點點羞怯；就是這一點點、那一點點，加起來把她奇妙地烘焙成一盤甜美綿細的糕點。

鮑副總狼狽到不知道要說什麼；他不知道自己是該嚴肅呢還是該嘻笑；該誠實呢還是該虛誇。倒是他可以確定的是剛才在摩托車上的緊密，是鐵一般堅硬、粗魯的事實，用一萬個理由都否認不掉的無情的事實。突然美豔起來的惠儀在他前面證明著：證明這事實的不容含糊脫卸這一點。

這可疑的無結論，也許解釋了他們為什麼一前一後地回公司。鮑副總在前；隔了幾分鐘，惠儀才進來。看在大家眼裡，鮑副總依舊是永遠的慇懃，皺起的眉表示他不變的熱切；惠儀則分外細緻：她是誠懇、坦白、寬諒的綜合體，——另一種保護自己的姿態。

在裡外沒有準備的情況下，惠儀以不能決定自己態度的態度接受鮑副總並非蓄意的一擊。這一擊完成，一切便不可避免地被賦予了意義。惠儀從此便準備好了。

這天下午，惠儀為了趕做帳，是要留下來加班的。陸陸續續地都下班了，最後只剩下伏案的惠儀，以及一個非常突兀的鮑副總，——因為他一直在他位子上十分瑣碎地忙碌著。

惠儀則是紮實地忙著，即使那麼樣全神貫注，也看得出她真的全部準備好了的樣子。她精雕細琢、極富彈性地輕鬆以對。然而，不知怎的，從這個角度來看她，她竟然又是不漂亮的。

一空下來的辦公室，頓時緊繃起來，似乎連一秒鐘的靜默都容忍不下；也擠壓著鮑副總薄如蟬翼的神經。

他乾笑了一聲：

「嘿，惠儀，就剩我們倆了！」

惠儀頭都不抬起來。過了好一會，她前額微微向前用力一點，放下手裡的筆，像是暫時告一個段落。她舉眼直視著鮑副總那個方向：

「是呀，這樣才好呀！」

有點迷糊的鮑副總覺得自己被問了一個問題；回答的壓力瞬間遍佈全身。壓力來自對面，柔和，卻是強韌的。他吃了一驚，手足無措，向惠儀看過去。

一開頭，他以為他看到的便是他期望能看到、讓他平和安寧下來的惠儀。沒有錯，她就是這個溫柔、寬和、坦白的惠儀。然而，他接著就被一個更精準定義的惠儀吸引過去；是一種從惠儀內裡浮升上來、連她自己都沒有察覺的新東西把她重新揉造：一種透明的清朗；一種絕不鬆懈、穩定前進的堅定。而覆蓋在這新東西上面的光滑純淨、一無所求的快樂，幾乎把她變成陌生人了。她是既不攻擊、又不防禦地敞露在那裡，無為地發出耀眼的光，像一盞燈。

那盞獨自發光的燈，不用語言便證明了它的雄辯。鮑副總的遍體壓力佐證了這一點。他站起了身，走向她的座位，——不是要去面對她，跟她分庭抗禮，而是奇怪地要儘量扯開他自己。他說出這句話：

「你在忙什麼？」

她的清澈讓她不費力就聽懂了這句話不著邊際的無意義，給她光滑的快樂加上一抹皺紋；但是她以無邊的寬大容忍了；柔柔地說：

「我忙著把合作案的帳結出來呀！」

鮑副總像是跨上了一座橋般安全起來；他的燥急熱切一下子便衝了出來，衝向離惠儀非常非常遙遠的方向去：

「要，要，要！這個帳一定要快點結出來！倒要看看趙祖安看了帳以後，還有什麼話好說！」

「到上個月底為止，他還有一筆款沒有進來，」惠儀跟蹤上去；突然一絲不苟地精細起來：「我一筆一筆都把他算得清清楚楚，我做了一個明細表給莊董；不過，莊董看了也沒有說什麼。」

鮑副總嘆了一口氣：

「莊董是個好人，他是鬪不過『安那』的。所以說，惠儀呀，我看你辛辛苦苦結完帳也沒有什麼用的！」

燈光下，方才若隱若現的情景似乎呼之欲回，——由於他從嘆氣中暴露的弱點。惠儀大方地守在原地不動。一如她在跟蹤鮑副總的話題前一刻，她怎樣溫柔地把自己煞住車，轉彎成內省的收斂。

惠儀的平靜，在鮑副總心中卻是一個大驚恐：她怎麼能這樣隨遇而安、紋風不動？這深沉世故的底蘊，究竟包含了什麼意義？

這就是另一天下午，他要孤注一擲一試的目的。他要試出她的平靜到底是天成的，還是多謀的。

他經過她的座位，忽然停下來彎腰低聲說：

「今天還要加班嗎？」

倉促間，她卻能意識到他的祕密語氣；臉頰飛紅起來。她抬起頭，因為羞澀來得太快，她眼睛睜得大大的，直率地望向他的臉：

「要呀，我的帳還沒做完！」

柔綿纖細、甜美的鼻音。

「我等你一起下班。」他駝著背，莽莽撞撞，橫衝直撞地說。她面頰更紅，直率的眼光裡飛上一絲疑惑；柔細的聲音更輕柔：

「好呀，可是……？」

「可是」接下去應該是「為什麼」，她把它拋向無聲，表示了她的無條件接受。她沒有遠去；不曾沒入模糊可疑中；只需一招手她就回來了。同時，她臉頰奇異的紅，把她的豔麗一下子都喚醒了。

他有空前的滿足感。如果時間停頓在這一點，他就會一如費爾泰，達到巔峰的至善至美境界。可是啊，這只是一個開始，他得等待，他得等待，他艱辛工作到這裡，還要艱辛地等下去，等下去。

他直起腰來，把她豐潤的美豔，飽滿地存留在他眼裡，轉過身，沉重地走開。

我們大家至今都還記得這天下午，那個特別異常的鮑副總；記得他那麼憂愁、那麼沉默的樣子，可是想不透是為了什麼。當大家收拾桌面，準備下班回家的時候，他像貓一樣弓起了背；臉上擠滿著複雜的表情：謙卑、慇懃、熱切，然而，十分的苦悶。

不明究理的莊董，給了鮑副總最後一擊。莊董從他的小房間出來，遠遠地隔空笑問：

「噫，副總，你還不走？」

猶如引弓待發，鮑副總猛地彈了起來成半站立狀態，非常高亢，卻細密真誠、貼地般臣服地說：

「是！我還有事，一下就走，莊董你先請！」

就是在這一天，鮑副總又處在相同壓力的摧折下。

當大家都下了班了，辦公室只留下看上去幾乎是敵對的兩個人，——惠儀和鮑副總——以及一屋子凝結的空氣，鮑副總艱難地游向她，把他太太的故事，洶湧不息一口氣告訴了惠儀。

然而一開頭他思想的重點，只是在苦思一個話題。

惠儀已經在整理桌子，這是歷經了一個多小時的敵對狀態之後的動作。鮑副總一震，站起了身；兩肩前後聳動了幾下，細腰左旋一下右扭一下。他嚴肅地要震脫一直盤踞他、結痂在他身上的那僵硬的荒謬尷尬。然後他便向她游過去。

在他面向她的時候，他就發現他尋找來的藉口，是渺小得多麼荒唐，他說：

「我看你工作得那樣辛苦，不敢來打擾！」

在他密集的注意之下，她的臉一暗。其實，那不是暗，而是濃稠的色彩忽然被一沖而淡，向四面勻佈：從生動的凝聚，到無味的擴散。——這明白地告訴鮑副總：你想錯了，你問錯了，你整個錯了。

於是他突然望住她，衝口而出，一如水庫的崩塌：

「惠儀，我告訴你，我今天下午心情好壞，我好難過！」

惠儀挑了挑眉頭，目光一亮又暗下去：

「為什麼？」

「我接到我太太一通電話，」他嘆了一口氣，把眼睛從惠儀臉上移開，因為他有一個小發現，這小發現給了他小小的騷擾。他發現了惠儀的強烈輪廓，原來一部分是因為她高高的兩顴：膚色細潤白皙的兩顴。

「接到太太關心的電話不是很好？」她淡淡說。

「能關心就好了。」

「副總，你這是什麼意思？」

她集中眼光投向他。色彩逐漸回到她臉上，高顴奇異地消失了，出現了溫柔、無邪的關切，她動人的一面。

「唉，惠儀，」他說：「你總聽到一點我太太的故事吧？」

她右手撫胸，訝異地：

「我？我？你太太？沒有呀！」

他垂下頭，像是承受不住滿頭捲髮的重量；瘦小的背更顯目地弓了起來，刻意強調對同情或憐憫的抗拒。

「是醜聞，不是故事，」他縐著眉頭，瞇著眼望向前：「只怕你不願意聽。」

惠儀凝神想了一想，伸出手，纖長的食指輕輕觸了一下鮑副總的手背：

「我願意聽，」

然後，大膽而決斷地，她說：

「你先去沙發那裡，我收拾一下就來。」

他順從地向會客室走過去，沒有第二句話，死心塌地的忠誠。——因此，要單單從這樣子的鮑副總，營造出「強勢」，是困難的。

就這樣，這天下午一直到天黑，他把他太太的一切全部告訴了惠儀：從怎麼樣發現她的放縱開始，到他女兒怎樣驚怔在現場的整個哀傷過程。他抖開一張床單，平攤在惠儀眼前，好像完全跟他無關，他客觀地、翔實地把這件事一一舉證出來。客觀，卻不時被激動打斷，——路見不平的激動，因此也彷彿跟他自己無關。

我們猜想，把他的敘述帶向猙獰寫實這個方向的，除了挫折感的無邊壓力之外，他內心對真摯、對坦誠的一種飢渴要求，也許是另外一個原因吧；是那飢渴在迫不及待地逼迫著他剖開他自己，要他向裡掏挖，不容情地砍殺他自己。然後，血淋淋的告解被接受了，他的真誠達到絕對無欺的程度，於是他尋求到了他的避難所。

一開頭，惠儀面對字字赤裸的坦誠，像一張網一般張開她自己，以護士的細密呵護，溫婉地關注著，卻客觀地保持著護士與病人的恰當距離。

鮑副總說到他發現他太太帶男人回家，惠儀用手捂住嘴，壓住一聲低呼。她是真的嚇了一跳。這發生在她的世界以外的事，現在從眼前這個人嘴裡，在這尷尬時刻向她掀開真象，沒有任何目的、沒有任何企圖，只包含著恐怖的淒涼；然而這個嘰嘰喳喳、熱切說著話的人，卻彷彿在說一樁完全跟他自己無關的事，——這尤其可怖。

別無所求，只求坦白，這是什麼樣的悲哀？

鮑副總告訴她他找到他老婆的日記，證明了她在跟他結婚前就已經這樣「多采多姿」，他說：

「我才知道，我是她的第十二個男人！」

「十二」這個精確數字的滑稽，讓惠儀更深一層體會到那悲涼；但是，鮑副總的熱切急躁，一點也沒有減少。他亂七八糟地仔細描述他跟她爭吵的經過；他在爭吵過程中的「強勢」，他的「雄辯」。她當然是辯不過他的，「她還有臉說她有理嗎？」他手插著腰，兇悍地說。

似乎鮑副總全部的存在，只為了說話，為了儲藏以及放出這個「語言」的怪獸：他代表的竟然只是這麼簡陋的空洞。難怪即使寬大的惠儀也會從它的荒謬，想到悲哀蒼涼那個方向去了。

「她說，」他垂下頭，像消了氣的氣球：「她說，我就是需要，沒有辦法！哪一個女人不一樣？」

他抬起頭來：

「惠儀，是這樣嗎？」

她不知道他在問什麼，因此對字面上的強烈意義完全沒有感覺。她心中只是充滿哀憐。

是鮑副總自己警覺到這句話的鹵莽。他沉默著。惠儀這時才意會到他那句話的涵義，臉飛紅起來。但她是絕對大方而坦蕩的，雖然紅了臉，一點也不退縮。她清嫩沒有經驗，但是面對這人生的另類解釋，她也不會故作端莊地大驚小怪。這是她動人的又一面。

然後，鮑副總就說到他女兒怎樣撞見了那個場面。

「就這樣也改不了她，」他長嘆了一口氣：「我跟她說，你有病。因為你有病才會這樣，你應該去治療。」

惠儀忽然兩眼含淚：

「怎麼，你女兒真的……真的看見了？」

鮑副總垂下眼，輕輕點了點頭。

「她自己告訴我的。」

她緊緊咬住嘴唇，強力忍住急湧而上的巨大悲哀。

「她是有病；費先生也這麼說。」鮑副總說。

惠儀不知為什麼又紅起了臉：

「這些事你也告訴了費先生？」

「是，我告訴了他，」鮑副總散漫地——毫無鬥志地——說：「我只告訴了他一個人，除了他，就是你。費先生不怕，他是好人，值得信賴的！」為了辯護自己，他強力露出自信十足的強勢樣子。

「我不是這意思，我……」

惠儀連忙要解釋，卻不知道怎樣把她心中的奇怪感覺說出來。那時她覺得她跟鮑副總是兩個犯了錯的孩子，需要費爾泰的原諒和保護。一種浪子回頭、辛酸又安全的溫暖。

「我現在不知道該怎麼辦，」他縐緊了眉：「讓我女兒繼續跟著她媽媽嗎？後果會怎樣我想都不敢想。可是，她要去哪裡？」

他苦惱著。即便苦惱，他也那麼熱烈積極，而且是極其排他的，容不下一點外來物：包括同情和憐憫。他只習慣於他自己單向的反覆思索，不等待解答；不寄望回應。

惠儀溫柔地沉默著；看得出來，她世故的那一部分正在迅速地工作著。她露出條理分明、精明細緻的樣子。

這大概就是他們的第一次「約會」。在惠儀，有一種模糊的崇高聖潔；在鮑副總，有一種模糊的一敗塗地。

崇高灌注給惠儀一股豐沛的活力，給了她挺身而出、毫不怯場的勇氣；她感覺到一絲一絲的酣暢。

這應該就是她跟鮑副總說這句話時的心情，她說：

「副總，我今天還要加班，」

她凝目密切搜索他的臉，非常亢奮。

他簡直是歡樂到極點地回答：

「好，好，我也有工作沒做完。這樣最好，我陪你，我陪你，倆人有伴！」

那種到達頂點、處於巔峰的極致狀態，——這引起惠儀微微的卻極精細的失望。

她居高臨下地進逼著：

「我會很晚的！」

「我會等，我會……我會陪！」

說著，他轉過身去，非常熱切快活，然而卻是一身空洞地回到他自己的座位上去。

他的眼睛避不開一瞬間光輝燦爛、晶瑩膩潤起來的惠儀：她高高在上，對著他一個人發出熠熠光芒，逼問他一個答案。不能抗拒她的耀眼是一種苦惱；不能決定自己的姿態是另一個更複雜的苦惱。於是他把自己撐了開來，撐得大大的，超越了他瘦小的支架，像虛飄飄的空帳篷。

這天惠儀沒有給他時間自我苦惱。一開始，她就把話題帶回到第一天他啟開的那道秘門裡去。

她迷惑不解地望著坐在對面的這個人：瞇著眼慇懃笑著的這個人，一點都沒有被妻子出賣的沉痛。

「發生這種事，虧你能挺到現在，」她說；兩眼閃動著光芒。嬌柔的嗓音在閃亮的目光強力糾正下，變得格外有說服力：「如果換了是我，還是別人，大概不曉得會變成什麼樣子了，真的！」

他從慇懃的獻身，慢慢蛻化成猜疑的窺測，然後，眼光從她身上迅速撤退，退無可退地轉到一邊去。苦惱重於疑惑，因為居高臨下的惠儀向廣大四周發射著惱人的溫熱，而由於唯獨他這邊的防守是微弱無力的，熱流於是一起漩向了他。她把她的柔軟潤澤發揮到從來沒有的強度。

他搖搖頭，苦笑著只看著他的腳尖——一雙尖頭的黑皮鞋：

「我有什麼辦法？我能去殺了她嗎？」

她銳利地注視著他：

「你真的一點辦法都沒有？」

他嘆了一口氣：

「惠儀，你很純潔；你也還……還沒有經驗過婚姻關係，有些情況不是如你想像的單純。我請問你：如果你遇著一個什麼都不在乎、只在乎……只在乎她自己快樂的人，你該怎麼辦？」

她不回答；睫毛一張一闔，光芒一閃一閃。過了許久，她才輕聲問，問她自己：

「快樂？什麼樣的快樂？」

他急閃了她一眼，確定她不是問他，突然壯了膽：

「男女之間的快樂，亂交的快樂！」

「好奇怪！」

「在她，我老婆，一點都不奇怪，」他沉淪到他週而復始的思維裡去：「她說，這有什麼好稀奇的，每一個女人都一樣。每一個女人都跟她一樣！是嗎？我問你，惠儀，每一個女人都一樣嗎？」

他憤怒地問，臉脹得赤紅。

惠儀第二次面對這個問題，雙手交握在胸前，含蓄地沉默著。

他警覺過來，向她傾身過去：

「噢，抱歉，不該又問你這個問題的！」

突兀的是他說這話時沒有傷痛和歉咎，倒像在慇懃照顧著惠儀那樣懇切體貼。

「不，我不會生氣，」

雖然臉紅，她大方地面對了他那一番話所包含著的可怖現實；她是屬於既不承認，卻又非堅決否認的端莊的堅定。

經由他沒有傷痛的麻木，她深入到他的孤單；她忽然問：

「你一個人住在這邊哦？」

這個唐突的問題，讓飽副總倏然舉目望向她：他看到的是一張由通紅轉為透明的臉，一雙毫不懦怯的亮眼。

「一個人哦，」他在迷惑中直覺地回答：「所以我在想怎樣把我女兒弄來跟我一起住，離開她媽媽！」

緊跟著，他就開始跟自己激辯：

「跟她媽媽住在一起，像現在這樣，絕對不可以！」他停了一停，然後強勢地重複心中的思想：「我在想辦法，我在想辦法。」

惠儀不作聲。燈光此刻格外明亮，把他們單獨一起留在這偌大辦公室的事實，以巨大的無聲，仔細地描述著，終於讓他們自己也看見了、或聽見了他們詭異的獨處。外頭，天已然全暗下來了。

她終於開了口；嬌細的嗓音在空蕩蕩的辦公室裡，被放大得帶點鹵莽。鮑副總不禁一怔。

「副總，我送你回去吧。」

「什麼？」

「我送你回去，摩托車載你回去。」

「這……這怎麼可以……很遠耶！」

這時他採用的是疲倦的表情。非常、非常疲倦，因此有一種怪異的嚴肅。她站起身，乾淨直接地：

「如果只是遠，那沒有關係的；如果還有別的原因，就算了！」

吃了一驚的鮑副總，猛地抬起頭看著站在前面的她：儘管潔白細緻，卻有高聳的顴骨、隆起的胸脯。跟另一個女人，他老婆，一樣地巨大到無處不在。

他煥發出慇懃的笑，然後，照他的慣例，一下子就把自己展開到極限，變成了諂媚：

「我是說，這麼遠麻煩你，不好意思吧？」

她不說話，回轉身到自己座位上，一手抄起皮包，作勢要走，腳步卻沒有抬起。

「給我一分鐘，馬上好！」

他從沙發上跳起來，奔過去整理他的公事包。果然不久他就提著他的公事包，熱力四散地走回來。

「很快吧？」他討好地說：「我來關燈。」

啪地一聲，辦公室白亮的燈光全部被吞噬；然後碰然一聲鐵門關上了。被封鎖在裡面的黑暗忽然間像要奔湧而出，撲向他們身後，有一種意向不明的兇猛。

一路默然走到摩托車車棚。

「副總，你坐上來以後，再告訴我路怎麼走。」

惠儀收起了剛才那種乾淨直接，回到她一貫的豐潤柔軟。鮑副總懵然地說：

「好，好，我回頭會告訴你方向。」

他把公事包夾在他跟她之間，然後跨上後座。惠儀騎上路。他告訴她先走哪條路、再轉哪條街。這是一段不算短的路程，得穿越燈火輝煌的鬧市，左轉右彎之後，進入一個寧靜的住宅區。

他們沉默著，一任夜風在臉上拂過。有淡淡的香味從前面送到他的鼻端。他伸出手去扶她的腰。她沒有閃避，向他的手心傳來她清涼而具體的端莊大方，不可穿透。

忽然一陣繁重感壓上他心頭；想起第一次坐她的車時，她腰部的柔軟帶給他雖然有點恐怖，基本上是單純的幸福，現在卻怎麼這樣複雜不可解？

他們花了半個多小時才到鮑副總住的那棟大樓。

鮑副總住在這棟大樓的第十樓，有一條深邃的走道，十分氣派。上樓之前，他徵詢過她的意見：

「惠儀，要不要上去坐一坐？」

從他壓低了頭，向她傾過去，慇懃到謙卑的姿勢裡，隱藏著他祕密的探索：他要實際捕捉她的表情去瞭解她那麼具體清楚傳遞給他的端莊大方，究竟表達了什麼訊息？

他立即懷念起來的是，當他們在辦公室裡，周圍有人群走動的時刻。只有在這禁錮的公眾場合，看見她的細心體貼，他才會那麼快活。他記起他請她為他設計名片，她怎樣不厭其煩地聽從他更換顏色。「粉紅是我的幸運色，」他說。竊喜來自於公開中的隱密。而現在，他可以自由放縱的時候，倒懷念起禁錮的喜悅了。真夠諷刺。

她一揚頭，大大方方地說：

「好呀！聽說副總的房子很不錯呢！」

「不是我的房子……唉，一言難盡！」

跟所有在電梯中相遇的人一樣，他們侷促地一語不發；仰首看著一個號碼一個號碼加上去的樓層。惠儀不可測的自在，倒醞釀出她特有的矜持，她抿著嘴，唇角微彎成一道善意曲線，由於目的不明，所以是觸目驚心的。

電梯門一開，便是那氣派而深邃的走道。他領先快步走出去；快步走向走道末端的房門口。他細瘦微弓、向前躍動的背和臀，無一不宛如在伸張正義，奮力地辯護著什麼。

門一打開，他順手開亮了所有的燈。進門是要脫鞋的。對蹦躍著的鮑副總，脫鞋是猝不及防的一個挫折；對大方自在的惠儀也是某類障礙，——因為，彷彿一脫了鞋，鮑副總的雄辯就是滑稽的；而惠儀的自在則是矯飾。

鮑副總虛張聲勢地熱烈笑著，掩飾脫鞋的過程：

「不好意思，裡面亂得很！」

惠儀猶豫了短短幾秒，輕巧地脫下了腳上的平底鞋，故意不去穿鮑副總遞過來的拖鞋，光著腳踩上了地板。

她的刻意不去防禦，輕鬆地解除了她自己的短暫小困窘；卻一下子解除了鮑副總的巨大束縛。

是屬於套房一型的房間，頗大，卻只有兩間。大客廳裡一套舊沙發、一張大桌子；一道拱門通向鄰接的臥室。整潔寂寞得荒涼，讓人發慌。

「房子很好嘛，好大！」

惠儀逐一看過去，不知不覺露出嚴格的神情。鮑副總弓起了背，側著身在前引導著她。走了一圈回來，他不經意發現不知什麼時候她腳上套上了一雙拖鞋，——就是他遞給她的那一雙。

他被她的細密無聲和天衣無縫嚇了一跳。這時她卻在沙發上坐了下來，毫不在意地向前伸出雙腳。他不由想起她躺在辦公室沙發午睡，露出來的一雙沒有心機的、天真的裸足。

就在那一刻，他仍在莫名的驚慌中，發覺了有一股他拗不過的意志力從她身上默默散發出來，那樣平凡無奇地橫亙在他跟她之間。

「房間是不小，一個人住未免嫌大了些吧！」

在兩間房裡所有燈光輝映下，她的高顴在她臉上投下陰影。她不知道自己在說什麼；他也聽不懂她的話。

「是呀，」他茫然說；猛然醒覺過來：「所以，我一直在想，要不要把我女兒接過來。跟她母親在一起是絕對不行的，絕對不行的！」

一回歸到他的憤怒，他立刻就遵循著他反覆思維的模式，準備要長篇大論說下去。

她看出了這一點。

「不如這樣吧，」她說：「先把你女兒接過來玩幾天，——」

她頓了一頓，煥然一新地：

「住在我家也行，我可以陪她！」

他側臉看著她。對這驟然的親近，手足無措，想不出話來回答她。她垂下眼睛，讓長睫毛蓋了下來：

「我是說真的。」

他嘆了一口氣：

「惠儀，你真好……真好心。只怕行不通，」

他看向她：

「你不知道我那個女兒有多拗！這一點跟她媽倒很像。發生了這樣的事，……她親眼看見以後，有一陣子，她連學校都不肯去。住在你家？一個生人家？我怕行不通，我怕行不通！」

他臉紅了起來，既激烈，又疲倦。

「我知道你一定會說這話，」她說：「你不試怎麼知道行不通？什麼事不去做，怎麼知道行不行？」

他搖頭。面臨辯護的時候，他的頭腦就份外便給，是屬於得理不饒人這一類頭腦，它會極端到每一句話、每一個字都爭先從他嘴裡擠出來，成了嘰嘰喳喳刮耳的吵鬧。

她也看出這一點，所以一等他說完——

「你那裡知道我那個女兒！」時，她接下他的話說：

「你那裡知道女孩子的心思！」

他被懸吊在空中，僵凍在他尷尬的笑容裡。而她完全不看他，似笑非笑地等待著；不多久，似笑非笑就正式演變成堂皇的嚴肅。

「也許你說對了，我不懂我女兒，」他狼狽地自嘲著：「我不懂，也許我太老了。」

她「哼」地笑出聲來。他連忙側臉去看她，——什麼都看不出來，因為唯一可能洩露訊息的眼睛一直頑強堅定只朝前望；臉上明顯的陰影是穿越不透的。那究竟是一聲笑、還是一聲責備，十分可疑。

剎那間，他覺得所有的話都講完了；而她卻精力旺盛，正待開始。她的睫毛一張一闔地，為她的頑強堅定提供一股源源不斷的活力。

「副總，這房子租金不便宜吧？」她把目光收回來，放在他身上。

「老實說，我不知道。」他說：「是我原來公司老董借給我住的。我在那公司投了資，沒有賺錢，這算是給我的補償吧！」

他苦笑了一聲。

「你在『黎園』也投資了不少，也不賺錢。」她的眼光柔和地罩住他全身。

「好幾千萬，你最清楚不過了，」他搖搖頭：「我也不明白，為什麼我看好的事業，到頭來收場都是一個樣！」

「該說你還沒有走運吧？」

「都什麼年紀了，還走什麼運。我連現在怎麼了結都不知道，」他茫然地說。

惠儀沉默著。

「『黎園』的情形我比較瞭解，」她說：「『安那』在裡面做了手腳的。其實，你們股東也不是不知道。」

她兩眼熠熠發光地望著他：

「副總，你當初到『黎園』來就是要監督業務。我記得你說你要對『安那』強勢的。如果你一開頭真的這樣做了，說不定他就不至於大膽到這個地步吧。」

他低頭默不作聲。半天，他說：

「莊董都不講話，我強勢有什麼用？」

她嘆了一口氣：

「你錯了，你也是大股呀，有什麼不能講的？」

他盯住腳下。

「錢都賠掉了，還講他做什麼！」

自從她把眼光放在他身上，就一直沒有放鬆，這時更是緊緊地凝視著他：

「你很認命！賠了錢認命，對……你就這樣一切認命！」

他不說話。

「一切都認命！」她重複了一句。

然後她就慢慢放鬆了對他的凝視，投注到前面去；雖然依舊頑強堅定，光芒卻漸次黯淡了下來。

他先是露出激辯的亢奮，有點兇狠；然後他就癱軟鬆懈下來：

「我不認命，這不叫認命。形勢比人強，你知道這意思嗎？我現在知道了！」

惠儀近距離觀察著眼前這個男人如何從強辯的激昂，轉變到求全的謙和這一段驚心動魄的過程，從此沒有再說一句話。鮑副總也沒有再開口。跟先前在辦公室裡一樣，刺眼的日光燈開始發出絲絲的微響，彷彿某種嗜血的病毒發現了空隙，急急於鑽下來啃噬，露出了行跡。

客廳裡的靜寂急速冷凍著。僵硬幾乎要像一層薄冰披覆在兩人身上。惠儀扭動了一下腰身，把伸出去的腳收回來。

「晚了，我該回去了。」說完就站了起來。

他一震；徹頭徹尾明白了她的意思，臉上頓時扭曲擠壓著。似乎有一個複雜的大動作就要轟轟烈烈出現，大聲疾呼地從他心裡衝出來彌補什麼——彌補她；彌補他自己。

然而，他什麼也沒有做；扭曲和擁擠都被破碎地丟滿他一臉，變成凌亂的疲倦，只有他一頭燙髮，荒謬有序地捲曲著。

他笨笨地說：

「就要走了嗎？」

話才出口，他霍然看透了自己的愚蠢；惠儀也毫不遲疑、絕不寬待地見證了他的愚蠢，因為她一步也不停留地直往房門走去。

他跟她走到房門口，似乎愚蠢得還不夠，——

「我送你下去！」他說。

她突然固執起來，完全沒有轉圜的餘地：

「不必送，我說不要就不要！」

為了加強她的語氣，她扯了一下他的衣袖。很使勁的一扯，把他扯進一個荒涼狹窄的世界裡去：在那個陌生的世界，無論他看向哪個方位，他面對的都是死巷；

都是她堅強的輪廓。

她在門口穿鞋的時候，面向外，頭也不回地：

「我剛才說的，把你女兒接過來住到我家的話還是算數的！」她站了幾秒鐘。

「我一定會跟她講；你知道問題是要她願意。不能到時候來為難你吧？」

回答是合理又適當的。然而不知怎麼，他覺得他陷得更深、輸得更慘，更甚於先前那單純的一敗塗地。他莫名其妙地感覺到無從辯白的羞愧；一種刻意翻尋又遍尋不著的污濁。

六、安妮

鮑副總在尾牙宴前一個禮拜，把他女兒安妮接過來。尾牙當然是絕佳的藉口，對孩子也有吸引力，應該是很順利——如果「愉快」是太樂觀的字眼——的安排。

然而，後來證明對鮑副總，那工作果然不難，卻極其沉重，沉重到幾乎要壓垮他。他把女兒交給惠儀之後，過度的如釋重負讓他不由自主洩露出他的心虛，也是很自然的事了。

他怎麼樣把女兒交到惠儀手裡；惠儀怎麼處置她跟他女兒初次見面的尷尬緊張，傳言沒有交代。大家唯獨在尾牙宴那個場合目睹她們在一起；以及後來聽說到的惠儀趕在安妮身後，去到外面以後的種種。

惠儀對安妮的細心呵護，她的低聲下氣，大家都看在眼裡，不以為怪，因為這跟惠儀平日裡給我們的印象是相符的。

倒是，鮑副總對她們倆有意無意的疏遠；以及在他必須面對她們時，他那隱約的不能承受其重的疲乏，——彷彿他心裡有莫可名狀的恐懼——讓大家好奇不解。

倒是，傳言中的惠儀忽然變得嚴格起來，讓我們好奇不解。如果勉強去解釋，只能說她性格中本來就有嚴格的成份。她從豐潤多汁轉變成堅強細硬，或許就是這嚴格欲現還隱的表露吧。

據說那天惠儀追了不多遠就追上了安妮，因為安妮根本不知道該往哪個方向走。惠儀衝上去，一把拉住她。

「安妮，你去哪裡？」

她站住腳；她知道惠儀一定會跟上來的。

「我哪也不去，我只是想出來走走。裡面我待不下去了！」

「為什麼？不是吃得好好的嗎？」

「你看我吃得好好的嗎？」

惠儀答不上話來。她實在不知道安妮吃得好不好。她密切守護安妮到無微不至，生怕她滑出自己的視線，結果只看見她的一蹙眉、一噘嘴；看不見她究竟吃了些什麼，吃了多少。

「我是說，菜很不錯哦，」

安妮抬起頭來，很注意地瞇眼看著惠儀。就這個表情來說，她跟她父親是有點像的，特別是那激烈與厭倦並存的古怪的空洞。

「阿姨，我曉得是怎麼回事，」她說，瞇起來的眼突然睜得好大；細細的兩彎眉毛像是被驚飛了起來，高高地彎上去成了兩道半圓的弧線。

「什麼事，安妮？」

「他們都知道了是不是？」

「知道什麼？」惠儀擔心地看著她。

「你曉得我說的是什麼，」安妮睜開的眼又瞇了起來。惠儀的手這時還握住安妮的肩膀不放；驀地，從安妮的肩膀向她手心傳來一股顫慄，越抖越厲害。她緊緊握住安妮瘦削的兩肩。由於她制止不住那顫抖，她自己不由自主也跟著抖動起來。

「安妮，你在說什麼哦？你怎麼了？」

安妮的嘴唇也開始發抖；眼睛瞇得更細，——她是在強忍著眼裡的淚水。

「他們都知道我媽媽的事了，是不是？」她奪口大聲說。

「你胡思亂想些什麼哦？他們什麼、什麼也不知道……不知道你媽媽的事！」

惠儀臉脹得通紅，不知不覺放開了緊緊握住安妮肩膀的手。

安妮飛快地先看了惠儀雙手一眼，然後兩眼停在惠儀的眼睛上。她身上的抖動忽然間止住了。她這天穿的是一件白底粉紅花的洋裝，胸前隱隱約約突兀地鼓出兩個小尖尖。在這麼瘦削稚弱的身子上，這也未免是太過荒謬的發育吧。

惠儀垂下眼瞼，彷彿在向一股莫名的壓力抵抗。

「他們都知道了，我曉得，」她挺起胸說：「你看那個人跟我爸說話的態度！」

「Anne，Anne，」惠儀用英語輕聲叫著她的名字：「不要，不要胡思亂想，他們什麼也不知道！」

安妮越發不放鬆惠儀的眼：

「你也知道了，是不是？」

惠儀還來不及回答，安妮便逼問過來：

「我爸告訴你了，是不是？是不是？」

惠儀正視著她，坦然說：

「是，我知道了，你爸爸告訴我的。不過，你說的『他們』，『他們』不知道；除了我，沒有誰知道！」

安妮眼眶突然湧滿了淚水。惠儀伸手過去握起她的手——那一雙細小冰涼的手，在一觸之間便抖個不停。惠儀用她自己溫暖柔軟的兩隻手掌，緊緊握住那彷彿兩隻被捉的小麻雀一般的小手。

「安妮，我們回去，我們一起回去，好不好？」

安妮點點頭，卻站著不動。

「阿姨，我要給你看一樣東西，你……你要不要看？」

「好哦，是什麼東西呢？」

安妮眼睛眨都不眨，一任方才湧出的淚水沿著睫毛滾落下來：

「阿姨，你會笑我！……你會笑我嗎？」

惠儀忽然難過得幾乎要掉淚：

「安妮，你明知道我不會笑你哦！」

從皮包掏出一包袖珍面紙，抽出一張來，輕輕為安妮拭去臉上的淚珠：

「如果你不想給人看，就不要勉強吧，就算你說了又不給，我也不會怪你的。」

安妮不答；又站了一會，才跟著惠儀一起走向摩托車停車棚去。在回惠儀家的路上，坐在後座的安妮沒有聲音，連一點動靜都沒有。就在同一個後座上，她爸爸坐過兩次。爸爸、女兒都一樣輕；爸爸的輕，輕得驚天動地；女兒的輕則輕得無聲到沉重。在兩個人之間，她要扮演什麼角色？還是什麼角色都不能扮？

這幾天惠儀為安妮準備了一個單人房間。所以她一下車就直接進了她的小房間；很快就出來，手裡緊握著一本薄簿子。她直接走到還沒有坐下來的惠儀。

「阿姨，就是這個！」

她把本子遞給惠儀。是作業簿之類的本子。惠儀接了過來，猶豫地看著她。

「阿姨，我說了要給你看，就一定給你看！」

惠儀看見她臉上有一抹不明的希冀之色，正在猜測它的意義，安妮又說：

「你有空再看，什麼時候還我都可以！」

可是她邊說卻邊坐了下來，非常堅決的樣子。惠儀放棄了猜測，給了她一個安慰的微笑：

「我現在就有空。」

她坐下來，心不旁騖地，把她純淨的心思集中在她手上的週記簿上——原來是一本舊週記簿——。剛剛經歷過一番情緒和體力的波動，細緻的臉龐透著健康的微紅，加上她潔淨無疵的專注，她流露出一股特殊的魅力。

安妮出神地看著她，忘情地說：

「阿姨，你好漂亮！」

惠儀微微一笑：

「真的嗎？謝謝你！」

臉頰飛上一片紅。她不知道安妮的讚美代表什麼意義：是表示她向她走近了一步呢，還是又向外退後了一步？

她低頭開始讀安妮的週記簿，密密麻麻的好幾頁。她一絲不苟地一頁一頁往下讀。

這，就是我們大家都知道，也傳閱過的那份手稿。

房門怎麼沒有鎖，莫名其妙地虛虛掩著……

……………………

……………………

……………………

從第一個字開始，就有一股強大的不安和憂懼襲向惠儀，她打了一個寒噤，被迷惑著停不下來。

謎一樣的世界狂暴地進入赤裸不設防的眼睛。欲待堅拒又不得不接受地，用遲疑、模糊的用語紀錄下來，這裡麵包含了多少疼痛的真實；又怎樣顯露出一個被突然痛擊的無辜、無助的靈魂中的傷痛。

惠儀掩上週記簿，兩眼含淚：

「Anne，Anne，你真的，真的看見了？」

安妮仰起臉，倔強地點點頭。

惠儀伸出手臂，摟住她的瘦肩：

「可憐的孩子，可憐的孩子！」

惠儀哭得需要掏出面紙來拭眼淚和鼻子。安妮等惠儀的手臂離開了自己的肩膀，才端了端身子；就因為這個小動作，惠儀覺得安妮遠比她想像中成熟，比她自己更成熟，因為在那一幕向安妮揭開的一剎那，她就站在自己前面去了；她比自己複雜多了。

過了一會，惠儀有些羞赧，卻完全坦然地說：

「碰到這種事，我真不曉得該說些什麼。不過，你總算熬過來了，是不是？」

安妮搖搖頭。

「我不知道，」她眼睛望著遠處：「從那天到現在，我就一直在猜，猜我現在的立場，猜我站在什麼地方。有時候，我想，一個是我爸爸，一個是我媽媽，我應該從做女兒這方面去想，可是有時候這是條死巷，完全不通的，碰到這種時候，我就好難過、好難過。」

惠儀仔細聽著，等她停下來，她就說：

「我曉得這一定是個很複雜、很複雜的問題，不過，老實說，我不太懂。」

「阿姨，」安妮說：「如果我碰到的事是發生在我不認識的什麼人身上，我可以笑一笑就把它丟一邊去了。可是其中一個人是我媽媽，——雖然開頭一剎那她完全不像我媽媽，這一剎那一過去，她『就』是我媽媽這件事就像一把刀刺在我心裡那樣痛——那好可怕！好糾纏！好……我該怎麼說！」

她雙手扭結在一起，向前望著的眼睛，更深入地看向遠處。沒有悲傷，卻有模模糊糊的疑懼。

「從那天以後，我覺得自己變得好怪，」她說：「我變得好嚴格，……我該怎麼說？應該是吹毛求疵吧。我一回家，我就去檢查，去感覺房裡房外的氣氛，——有沒有欺騙的氣氛。不過，大半我是在騙我自己。我是很好騙的，一個還在唸書、還在依靠別人的小孩子，不是很好騙嗎，阿姨？」

她又開始激動，長吁了一口氣，停下來，惠儀輕輕在她膝蓋上拍了兩下。

「其實，」她緩緩地說：「我媽媽沒有騙我。我猜，她連要騙我的念頭都沒有。每天我看到她的眼睛，不管我怎麼瞪大了眼，怎麼大著膽子看，她的眼睛都像我小時候在床邊說故事給我聽的那個媽媽的眼睛；她對著我的眼，眨都不眨一下。阿姨，這才是我真正害怕的。」

惠儀驚詫地睜大了眼，不自覺伸手過去輕握了一下安妮交扭得骨節崢嶸的小手；似乎發覺了那兩手之內堅不可破的城堡，她又把手縮了回來。

「我覺得不管我看見了什麼，我媽媽都不在乎；不管我心裡在想什麼，我媽媽都不在乎。因為全不在乎，她才會白得跟一塊白蠟一樣，什麼都沾不上去。你知道嗎，阿姨，我那麼狠地看她，有時候我自己都覺得過份了，她一點都無所謂。什麼都沾不上去，簡直是抹了一層油。這才是我真正害怕的。半夜裡我都會驚醒，我做夢掉到井裡去了，我伸手去拉我身邊的媽媽，拉不住她，因為她只站在一邊笑；因為她太滑了。

「我知道她的無所謂就表示她還在一心做她想做的事，只是她防備得很好。有時候，我早上上學故意把我的房門露開一條小縫；下午我回家，房門就緊緊關上了。我還做了別的測驗，都證明她在嚴密防備我。最恐怖的是，我媽媽不怕我知道她在防備我，她像是站在一邊明跟我說：我的事你別管！

「所以她的坦白算得了什麼呢？那塊什麼都沾不上的白蠟，是一塊切得四方整齊，給人看的白蠟，什麼意義都沒有！我在學校上課，腦子裡想的是我家裡可能發生的事；在路上碰到什麼奇怪的人，我就會多看他一眼，心裡想：這個人會不會剛從我家出來？阿姨，這就是我每天的日子！」

惠儀又伸手過去，不顧一切緊緊握住她的瘦手：

「孩子，孩子……」

安妮昂起臉，躲開惠儀的眼睛；臉色蒼白光滑得像蛋殼，大眼上兩道彎曲的細眉則像是描繪在蛋殼上的曲線，精細而準確。她不再說話。

惠儀藉由自己雙手跟她兩手相握那親密的幽徑，向她的心偎依過去：

「安妮，我不曉得你爸爸有沒有告訴過你，他說你媽媽這種情形或許是一種病。你有沒有想過，這話也許是真的？」

安妮垂下頭，仍然沉默不語。

「也許你朝這方面去想心裡會好過些。」

安妮忽然抬起頭，疑問地看著惠儀：

「我媽媽有病？這是她的病？假如她有病，她生的是這種病，遺傳給了我怎麼辦？我寧願不相信她有病！」

惠儀吃了一驚，觸電一般，手從那幽徑中縮了回來：

「安妮，安妮，你小腦袋裡都在想些什麼哦！」

安妮卻從沉默中出來。似乎她原先的沉默是在她的秘室——她的記憶——中翻尋東西，如今她一包一包揹出來，一包一包打開來給惠儀看。於是她又滔滔不絕地往下說著：

「是，沒有錯，我爸跟我說過這話。那是在我跟他講了那件事以後。他怔住了。他以為我還是小孩，我什麼都不懂。我說媽媽在防備我，他問防備你什麼，我說不讓我知道她帶男人回家。我爸大發脾氣，——他大怒了——皺著眉說，你小孩子不要亂說話。他兇一下氣就消了，然後就討我的好，說，你這種事不要管，爸會好好處理掉它。可是我知道他一定只是說說。過了幾天我故意激他，我說，爸，媽帶男人回家，你就不會帶女人回家？我以為我這話又會把我爸惹兇起來，誰曉得他一點都不生氣，只是好累好累的樣子。又過了幾天，他就跟我說我媽有病的話。」

安妮說到這裡停了下來，想了好一會才又開口：

「我覺得我爸只是找這麼一個藉口，把該做的事往外推出去就算了。」

「會嗎？你爸不是個很有決心、很有擔當的人嗎？」

安妮很奇怪地笑了笑，微偏著頭問：

「我爸在公司是這樣的嗎？」

惠儀說：

「我想應該是吧？他是公司大股東！」

但是這時冒上她心頭的卻是鮑副總要她設計名片這件事。字體換了又換，顏色換了又換，最後選定了粉紅，快樂地說：粉紅是我的幸運色！

惠儀避開了所有相關話題，直入核心地說：

「安妮，你爸有意要把你轉學到這邊來，這樣你就不必待在家裡了，很好的構想呀！」

安妮幾乎絲毫不加思索：

「開什麼玩笑呀，我老爸！他以為沒有人在那裡問題就解決了嗎？我在那裡，我媽防著我；我不在，她誰都不用防備了！天哪，他開什麼玩笑！」

惠儀完全沒有預料到安妮的激烈反應。這讓她覺得自己有點蠢；更蠢的是，她又這樣說：

「你何必一定要夾在當中呢，讓他們大人去解決他們自己的問題吧！」

安妮一個勁搖頭，像是被寵壞了的孩子在撒野：

「阿姨，這不光是他們的問題哦，也是我的問題，我的問題！一走了之，這算什麼，算什麼！」

「那你要怎麼辦呢，安妮？」

「我不知道哦，阿姨，我怎麼知道，我怎麼知道！」

她摀住臉，瘦削的肩膀劇烈聳動著，沒有出聲，但是她哭得好傷心、好傷心。

尾牙宴過後兩天，鮑副總把女兒送回了家。

等我們看見惠儀重現了她往昔的面貌，肯定了柔媚與堅硬奇妙交替的再度可能之後不久，就聽說她有了高就，決定要離開「黎園」了。這是她跟鮑副總之間的流言全面傳開來以前的事，因此，「另有高就」是單純可信的動機，沒有引起多少揣測。

接在惠儀之後的，是費先生的退休。費先生的離開究竟對公司的影響有多大，我們所知有限，說不上來。但是我們倒是一眼看出這件事如烏雲蔽日一般把鮑副總遮去了一大半，有好久辨不出他確實的身影。最後，當我們終於看見他弓著背現出細瘦的身形時，他似乎全盤接受了他自己對費先生退休的詮釋：費先生是在發出朝政不可為的警訊；而他原先百般設法挽留費先生，只是證明了自己的恐慌；證明了他對費先生的依賴。弄清楚了這一點，他便再也不凡事強出頭了。他從此便安於平穩的現狀，而這終至於導致他最後的離開「黎園」。這算是我們對鮑副總離職的解釋，雖然總覺得不盡貼切，然而事過境遷，我們也無暇向深處窮究了。

在這幾個人相繼離開「黎園」之後，頗值一觀的倒是汪先生的態度。但是我們早就預期到他極可能的自我膨脹，因此對他「直欺內室」地進逼莊董，並不以為意。

不知道是厭倦了汪先生或明或暗，四處去凸顯莊董只會在辦公室閉門造車，唯有他才真正在外實戰等等這些事；還是憂心公司的前景，有人已經著手暗中另謀出路了。

七、驚鴻一瞥

鮑副總在離開「黎園」以前，做了一件事，又具體證明了他典型的滾熱的慷慨。早先被他引進「黎園」的客戶，因事路經臺灣，卻因時間所限，不克到公司來，便邀鮑副總去他臺北的旅邸見面。鮑副總為此陷入慎重長考，最後決定跟莊董來商量。

「好呀，」莊董說；不脫他平日的習慣，說話之前，經過一番仔細思考。

「我的意思是說，我要帶一個人去，帶小魏去，」鮑副總懇切地說；顯然保留了一部分話來回答莊董一定會提出的問題。

「帶小魏去？有必要帶他去嗎？」莊董笑著問；笑得既沒有心機，又很客觀地。這也是莊董的習慣：遇著有爭議或他有意見的話題，他就以這開闊的胸無城府作為他的第一反應。

鮑副總以飽滿充沛之姿迎接莊董的問題，他早就準備好了回答，於是毫不遲疑，把他的回答熱情捧了出來：

「莊董，我有個看法。公司要永續經營，業務這部門是一定要『強』的。以前費先生在，這不是問題；我勉強撐了一陣子，可是說不定哪天我跟費兄一樣總也要離開公司，業務就不能單靠新手撐大樑。我看小魏不錯，可以慢慢磨練磨練他頂缺。我這個客戶就算是公司的客戶，以後跟他的業務往來，就完全由公司出面！」

這就是標準的鮑氏風格：「滾熱的慷慨」，花團錦簇，架構龐大。莊董沉默不語，出現了他慣有的動作：下頷抵住前胸，定睛看著前面不遠處。他的沉默應該起因於鮑副總離職的暗示，而他一時半刻不知道應該採取什麼態度。

他跟鮑副總的關係自從汪先生如一塊肥肉夾入其中之後，就有可疑的惡化傾向。鮑副總對他自己那一陣子不時跟著汪先生晌午即出，帶醉而歸，始終沒有一句清楚的話交代。莊董，以他的個性，自然不會問起。疑惑因此一直存在著。而歷經了趙祖安合作案的檢驗，莊董似乎連清除疑惑的興致也沒有了。

莊董默許了小魏跟鮑副總到臺北去。他以默許這件事規避了正面回應鮑副總離開的暗示，我們認為他們兩人的關係實際上已經不能改善；鮑副總離開「黎園」，那時看來就是遲早的事了。

而小魏去臺北這一趟，讓他成為「黎園」第一個，也是唯一的一個鮑太太現身以見的人。

這時的小魏比先又胖了些，越發紅潤白皙，讓人不禁怪異而肉感地聯想起他跟嚴芸的一段糾纏。嚴芸固然老早離開了「黎園」，但來自裡裡外外的影射，是對小魏長時間不斷的壓力。對於外來的粗野露骨的嘲諷，他通常以相對粗獷的不否認、不承認來搭配，別人也奈何他不得。至於公司內部微妙的猜疑，他則是以「揣摩上意」的低姿態來應付，這倒也適當維持了他在公司的人緣。

本於這一貫的低姿態，小魏對他這趟臺北業務之旅，自然不敢張揚，偶有談及，僅止於相關的進口業務。這一方面，由於費先生的退休；鮑副總的消極，新手的拙嫩，已經明顯地沒有什麼進展了。

不過，慢慢地，小魏終於發掘了他可以談他的臺北之行而不致冒張狂之嫌的題材；而且，極其可怪地，他發現這才是讓他臺北之行意義奇特、內容豐富的所在。那就是當他意外談到那一次怎麼跟鮑副總太太見面的情形的時候。他試探地提起，立刻業務壓力的陰霾盡除，他側滑而過，向前暢行無阻。可行可止的自由自在，一任他隨意摘取話題；而潛藏在內的局部放縱的可能，則似乎格外饒富曲折的趣味。他說著說著會不自覺停下來，思索著，像是在尋找心中正確的感覺，然後不自覺的微笑便會出現在他的嘴角。

鮑副總帶小魏北上去見那位客戶。由於「黎園」跟他已經沒有業務往來，所以他們此去是禮貌性拜會，鮑副總把小魏介紹給這老外認識，在他住宿的飯店略坐了十幾分鐘，便辭別出來。鮑副總約好小魏晚上一起吃飯之後，便先回家去了。

不多久，鮑副總打了個電話給正要離開旅館赴飯局的小魏：

「小魏，不好意思，本來打算今天晚上我們哥兒倆找個地方喝他兩杯，沒想到我回來跟我老婆一說，我老婆也要跟著一起來。我說我們男人的聚會，你跟來幹什麼？她說我又不是沒見過男人，有什麼關係？我不曉得要怎麼跟她說才好！小魏，你不會在意吧？」

一貫的嘰嘰喳喳的快速語調，彷彿要在一間空無一人的大屋裡製造非凡的熱鬧。

「好哦，好哦，」小魏說：「正要去拜見夫人才對，我怎麼會在意？晚上就讓我作東吧！」

這自然是客套話，但是鮑副總的爭執，激烈到出乎小魏意料之外。奇特的失望中帶些憤怒，有點不像鮑副總平日的作風。小魏不敢造次再說什麼。

時間比原先說好的延後了一個小時；小魏趕到餐館，發現鮑副總竟然訂了一個小房間。他一個人在房間又等了近一個小時，才見鮑副總匆匆忙忙當先搶進來，微弓著背，像是上緊了發條一般。

「不好意思，不好意思，小魏，讓你等那麼久！」

鮑副總一對火熱的眼睛卻不看著他要道歉的小魏；四處飄移著，嚴密而憂疑，又刻意掩飾地，彷彿在尋找屋裡隱藏著的祕密；這一點讓小魏十分不安，像是他做了什麼對不住鮑副總的事，——至少他做錯了什麼。

就在這一刻，忽然之間，小魏莫名地一陣鬆弛。他感到極巨大、極廣泛的安慰；接著，便有一整個異國的夢境向他飄移過來，——是一種香味。在門那頭，在虛空，凝聚著一團恬靜的微笑，用清涼的、不疾不徐的謹慎自信對著他，對著小魏一個人。

鮑副總側身向小魏介紹著：

「這是我太太！」

鮑太太，一個中年女子。不知為了什麼原因，小魏覺得她比鮑副總要高上好一截；為了同一個不明的原因，他覺得她在門口站了好長一段時間，為了把他看清楚；或者，為了等鮑副總的激動蒸發掉了，把她介紹給小魏。

似乎也由於同一個原因，為了配合鮑副總的年齡，她把自己強行催老到某一個程度，而不服的青春則從她身上每一個地方擠露了出來。從這蠕動不服的青春，小魏覺得他似乎看見了她的真正面貌，然而，卻有什麼東西太炫目了，那真相反而像是假的。

小魏一開頭對於自己在鮑太太目光下這樣舒適自在一點不覺得怪異，一直等一旁跳躍不停的鮑副總衝破他神往的視線，他才一驚而醒，尷尬地一笑。

「這是魏先生，我們都叫他小魏，因為他年紀輕嘛！」

鮑副總弓著背，精力充沛，手腳動個不停地說。

她向小魏點點頭：

「叫小魏好了，親切一些。先生先生的，多彆扭！小魏，請坐！」

是脫離了她的視線還是怎麼的，小魏微微地不安。而從無處不在的鮑副總那裡傳來一股壓力，彷彿鮑副總一直在提醒自己，給自己什麼暗示。

「小魏，你在公司多久了，結婚了沒？」她問。

鮑副總在一旁搶著回答：

「哦，他比我還資深喏。結婚沒有？都做了爸爸了，是嗎，小魏？」

小魏窘迫地紅了臉：

「小事，小事，不值得您倆關心！」

鮑太太深度沉默著，把眼光直率大方地投向小魏；一旦被她的目光罩住，小魏就有一種說不出的溫柔光亮的感覺，全身毫無道理地鬆弛下來。

「算不錯了，現在的年輕人誰還想生孩子呢，是吧？」她緩緩地心不在焉瞥了旁邊的鮑副總一眼。

鮑副總低下頭，責任非常沉重的模樣：

「時代不同了，時代不同了，」

既同意又不同意地，像是陷身在身不由己的牽扯之中。鮑太太以同樣直率的大眼在鮑副總臉上深入地打探著；雖然只有短暫一刻，小魏覺得鮑副總臉上出現了他從未見過的複雜表情，他暫時解不開那密碼。但是在他們夫妻倆相視的一剎那，給了小魏機會重新組合鮑太太在他腦中種下的第一印象，因為那時鮑太太的目光和聲音都放鬆了對他的箝制。

挑染成淡棕色的長髮看似鬆散，其實是一種用心而細緻的慵懶，不經意地攏向後面，鬆鬆地用一根粉紅絲帶綁成髮髻，留下一個淡棕色小馬尾，隨著擺動的頭，輕輕飄搖。白絲長袖襯衫，套在貼身但不緊繃的牛仔褲裡，把臀部彈性地凸出來；褲管比腳背高出幾寸，因此露出腳背上一條細細的，光閃閃的腳鍊，使那一截白皙成為驚心動魄、完完全全的赤裸；然後，從極端驚險回歸極端平凡：腳上一雙黑色平底皮鞋。

她的皮膚是一個謎。白是不容否認的，乍看卻很粗糙，但是小魏的直覺拒絕承認眼裡看見的是粗糙，而又不能解釋那是什麼，所以是一個謎。這時，在他脫離了她的聲音和眼光的箝制之後，他突然化解了這個謎。他記起高中上生物課的時候，把光滑的動物皮放入顯微鏡下突然呈現出來的凹凸不平。他恍然明白這是一種接近和放大。她的看似粗糙便是顯微鏡下的拉近和放大。解開了這個謎，他對她的皮膚便有更親切的瞭解。

同時，他進一步發現，她是刻意透過放大以老化自己，來配合鮑副總。然而她為什麼要配合鮑副總？他眼前看到的反倒是鮑副總在迎合她。

鮑太太把小魏完全拋在腦外，在一旁跟鮑副總小聲說著什麼話。鮑副總微微闔上眼，臉上又出現那種複雜的表情。小魏猛然再一次豁然貫通：他把那密碼也解開了。

是一種溫柔的臣服；複雜的地方在於臣服之中洶湧著的疲倦，彷彿從狂風暴雨的獷野，驟然進入聲息俱無的室內，擺脫狂暴之後的不可抵抗的身心俱疲。

鮑太太說完話，鮑副總點點頭，睜開眼，向小魏笑著說——就在這一刻，他的疲倦和順從剎時不見——：

「小魏，我太太問你要喝什麼酒？」

就為了這麼一個無關緊要的問題，鮑副總付出那麼精粹的忠誠，貫注那麼凝聚的精力，以至於一瞬間虛脫成殉道者的空殼狀態，這真有點不可思議。

小魏恍惚地回答：

「什麼？酒？我不太會喝耶！」

鮑副總活力充沛地拍拍小魏的肩——這神奇的復原也是不可思議的——：

「Comeon，小魏，我又不是不知道！啤酒？白酒？花雕？」

小魏紅起了臉，作難地：

「我也不知道哦，副總，你說喝什麼就喝什麼吧！」

鮑太太閒閒地打了個岔：

「好了吧！問客殺雞？我看哪，金門陳高吧！」

眼睛睜得大大的，眨也不眨，笑意盈盈地全面看著小魏。

「好哦，就照鮑太太吩咐的吧！」小魏越發紅了臉。

鮑太太微微一笑，眼睛一溜，滑到一邊去了。那種被老師放過的通體輕鬆，成為小魏不能自圓其說的理論困境：如果被她的雙目放過是這樣一種釋放，那麼，在她眼神的沐浴下，溫暖發光的舒泰，又算是什麼呢？

鮑太太滑出去的目光，又滑了回來：

「你看，我太自作主張了吧？陳高什麼的！小魏，你決定！」

像是陽光下一滿潭湖水，碧綠清澈。她豐盈多話的眼光，向小魏描繪的就只是這樣一幅圖畫。

於是他明白了一切。他明白的是，那什麼雜質都沒有的一汪碧潭就是坦白；就是一句謊言都沒有、清清白白的真誠坦白：一絲一毫都不保留，全部都在這裡、赤裸裸的真實。

這是值得信賴依靠、讓人心中溫暖發光，無限舒適的坦白誠實。她的眼光攤開在那裡，不必它呼喚，你不知不覺就走向它、全心去相信它。這是絕對信仰的絕對束縛。

小魏毅然說：

「好，好，就是陳高！」

鮑副總用力拍著小魏的肩，簡直就是要把他搶回來的樣子：

「我說嘛！爽快！」

鮑太太右手支頤，左手隨意翻開小姐遞上來的菜單，往前翻翻，又往後翻翻，興趣缺缺地把那本包裝精美的菜單懶懶地向鮑副總面前一推：

「不能光喝酒吧，點菜呀！」

大眼又是窗戶洞開地，一點祕密也沒有地向小魏看來。鮑副總兩手扶著桌沿，怔了一怔，甩了兩下頭，大夢初醒一般，展開他熱烈自嘲的笑：

「是哦，還沒點菜。小魏，你來看看……」把菜單推向小魏。

但是，鮑太太伸出手指，——只伸出細細的中指和食指，小魏覺得那是一種吝惜的施捨——止住了被鮑副總推向前的菜單：

「你就點了吧，你問小魏，回頭不又是拉拉扯扯的！」

鮑副總訕訕地笑了笑；小魏的臉又紅了起來。於是鮑副總認真地低下頭來點菜。

鮑太太就這樣慵懶隨意地支使著鮑副總，而他，鮑副總，順服卻不快活地，聽從著她每一句話、每一道指示。

小魏同時也發現了鮑太太對鮑副總的坦白；那坦白更不同於她看向自己時眼中

的坦白，那是單向的、非常耀眼、不容干擾的坦白。鮑副總在那發揮得淋漓盡致的坦白覆蓋下，就會現出臣服而疲倦的複雜表情。

鮑太太叫鮑副總點了金門陳高，但是鮑副總跟小魏兩人都不善飲。小魏是虛有其名；鮑副總則似乎更是冒名的勇者。也不過就是兩三杯——飯店裡喝白酒用的小不點玻璃杯——之後，小魏已經潮紅滿面，那種紅遠不同於因羞愧而起的紅。鮑副總的舌瓣明顯地過動起來，小房間裡滿是他嘰嘰喳喳的笑聲。

鮑太太完全不去理會鮑副總，彷彿對他的一舉手、一投足——特別是酒後的行為——早在意料之中，這都洩露在她向他不經意的一瞥、嘴角若有若無的一抹淺笑裡；她把他像一件舊衣服一般丟在一邊不去理會。

她興致盎然地只看著小魏，看他毫無辦法地一任酒紅胡亂在臉上肆虐，像個無辜的小孩子。她擎起小酒杯，抿了一口高粱：

「這酒也還好嘛；你平常跟他們都喝些什麼？」

小魏老老實實地傻笑著：

「我哦，我真的不行耶，有時候跟大家喝喝啤酒吧！」

「啤酒？是飲料嘛，小孩子喝的，」鮑太太微笑說。

鮑副總打著岔：

「小魏，小魏，別騙了，那天你不是乾了好幾杯XO？我都喝了好幾杯！」

「就那麼一次哦，副總！」

鮑太太只把上身向鮑副總歪了歪，眼睛不離小魏：

「你？你能嗎？」

鮑副總義正詞嚴地：

「為什麼不能？」

她指指鮑副總前面滿滿的酒杯，連話都懶怠說。

「嘿，不相信呢！」鮑副總說。

鮑副總低頭看著自己的杯子，像是站在險崖的邊緣，——什麼懸崖都可能是，小魏覺得，但是絕對不是憤怒的懸崖——不知道自己該怎麼做。他非常不快活地靜了一刻，——他微微皺起眉來的疲倦樣子，讓小魏覺得他非常、非常不快活。

鮑副總端起酒杯，一仰頸脖，一氣乾了。鮑太太一秒也不耽擱，手握七百五十西西的高粱瓶子，替他又斟滿了晶亮的一杯。

「嘿，要把我灌醉呢！」鮑副總說。

「不是XO都能喝嗎？」

「把我灌醉了，看誰帶你回家？」

「你以為這裡只有你一個男生？」

她端起酒杯，朝小魏一舉，就唇一啜而乾：

「小魏，我敬你！」

小魏連忙舉起杯子來說：

「不敢，不敢！應該我來敬您！」

她微微一笑：

「那你就再敬吧，」

把酒瓶慢慢推過去給小魏，這個動作露骨暗示著的某種私密性，嚇了小魏一跳，忍不住偷偷瞥了鮑副總一眼。

原就皺著眉的鮑副總，這時已經不是不快活，是落寞而冷淡。他像是沉浸在追憶裡，奮力追索他忘記了的什麼往事。是剛才那一杯高粱淹溺了他嗎？

鮑太太在等待著，遙遠而有耐心；由於坦白，她一點不掩飾她的期待。小魏還在猶豫著；陡然驚醒的鮑副總已經又搶進來，搶進她跟小魏之間：

「小魏，倒滿，倒滿！」

臉上又開始絕望地上演一整套我們熟悉的笑，也就是說，每一根肌肉都承載著他的熱烈。小魏也笑著，卻有些傻傻地：

「好哦，我也替您倒滿，我敬您們倆，鮑副總、鮑太太！」

他替他們倒滿了酒，雙手捧杯，舉了舉，一口乾了。鮑副總伸手用力拍了拍小魏的肩膀，有好多話要說的樣子。

鮑太太說：

「不能喝就不要勉強吧，」

鮑副總說：

「還早呢，還早呢，你知道什麼！」

一口氣把酒喝光。鮑太太對他的反應一點不意外，只用手指輕輕彈了一下桌面：

「坐下來，坐下來，不要像那次一樣！」

這一杯酒果然是鮑副總的最後一根稻草。不是把他擊倒的一杯酒，而是刺來的鋒利一劍，把一個完整的他刺得散漫紛亂。他開始目中無人地大著舌頭說話；人卻很悲壯、很嚴肅：

「我跟你說，小魏，我們都看錯了『安那』，這是個扮豬吃老虎的傢伙，是個壞人！你常跟他在一起工作，你說句公道話，我的話有沒有道理？……」

鮑副總頭都抬不起來，一個勁用自己的掌心拍著小魏的手背，執拗地等著回答。

「是哦，趙先生很會用心機，別人都這麼說，」小魏雖然酒意也不淺，剩餘的意識倒足夠讓他保持警覺性。

而且，他的意識是以另一種方式活動著，那就是他對對面那個成熟女人的身體越來越張狂的想像。所以，當鮑副總嚴肅地說起公司的事，那不是不識時務的干擾；是提供給小魏的一個掩蔽，讓他得以安然不被揭穿地儘情奔馳他的想像：她在顯微鏡下放大的年輕白皙皮膚上的顆粒、那上面淡淡的棕色雀斑；往下延伸到看不見的牛仔褲管那一段赤裸的腳背……

「我被他害慘了，小魏，好幾千萬呢……」

「我知道呀，副總，我聽惠儀說過了……」

她的坦白、她的毫無成見，把她變成了沒有疆界的國土，裸露的赤野；你似乎可以借道她直視著你的那一雙眼，進入她內部把這些一覽無餘，——如果你比她有更堅強的自信。小魏在酒精的迷亂下，傾力試探自己的能耐，但是一觸及她的直率，便被燃燒得倒捲回來，潰不成軍。

「我在我的親戚面前抬不起頭來。他們原先都很看得起我，把我估得很高。怎麼這個人一下子就這樣不行起來了呢？他們沒有說出這句話，可是我知道他們心裡頭沒有人不這麼想。我……我在我老婆面前抬不起頭來……」

鮑副總剛正不阿地直起腰，高高抬起頭；住了嘴，沒有再往下說，兩眼向前直視，誰都不看。過不了好久，直起的腰不克支撐地彎了下去。他真醉得相當可以了。

一直到這時，鮑太太才偏過頭來，很注意地凝視了他一眼。垂眉低首的鮑副總感覺到她的目光，似乎因為承受不住這一眼的重量，全身陡然一震。小魏則因為這一眼變得非常驚慌，以為那一眼是投向他的，而且，像是跟鮑副總貫通了心智，他全然不能承受那一眼帶來的沉重。

這是透亮如水晶，卻又如岩漿一般灼熱黏稠的一眼。

醉得就要倒地睡去的小魏，莫名其妙地把她看得好清楚。她沒有那麼炫目了，是一塵不染的清醒；連呼吸都隱去了似地安靜；乾淨無涉，簡直就是一座雕像。

他看得好清楚，但在迷醉中始終弄不懂的一點是，她怎麼好像這時才真正開始喝酒。她自顧自一杯一杯，慢條斯理，把剩下來的半瓶高粱丁點不剩地喝光了。

後來小魏告訴我們，他一點都記不得那晚他究竟怎麼回到他的住處。至於鮑副總，他絕對象信是鮑太太獨自把他攙扶回家，因為在小魏自己都要人攙扶的情況下，他是確定幫不上忙的。

鮑副總離開「黎園」之後，這一波人事更迭算是告一個段落。惠儀、費爾泰，然後鮑副總；除了小魏，舊人一個都不剩了。新的幹部進來，自有他們不同的處事風格。莊董展現了驚人的容忍力；汪先生則越發穩固了他的勢力，不用欺進莊董的小室，他直接在外面就發號施令了。

這是改朝換代。但是沒有了費爾泰這些「老臣」，我們公餘閒談，難免會興起「白頭宮女」的自嘲。

「黎園」每年不能免俗，仍然定期舉辦尾牙宴，廣邀同業之外，舊日同僚也在邀請之列。

費先生跟他太太每年準時出席。退休時兩鬢已白的費先生，白髮眼看逐年增加，但氣色紅潤；而且，很奇怪地，他倒像仍在公司上班，下了班便趕來參加尾牙宴，這毫無距離的親切魅力，是費先生獨具的；他更突出的地方，是伴隨著他一同出現的自信和隱藏在內卻不容否認的權威。想必也是被這氣質蠱惑而不自知的汪先生，每逢宴終席散之際，醉醺醺地便會走過來貼站在費先生後面，雙手撐扶著他的椅背，開始敘說他「做得好辛苦」的這一年；然後，我們總會聽見他說這句話：「費『仙』，你在家不妨上上電腦替公司跟國外聯繫聯繫呀，幫公司找找通路！」

費先生微笑不答。

我們也看得出來，吸引汪先生不由自主走過來的魅力，不光是發自於費先生，也來自費太太。白皙豐腴的費太太絲毫不減我們第一次見她時的風韻，親切和藹，笑臉迎人，與執意要跟她並坐的莊太太相比，全然是不同的典型。莊太太是尖而硬、冷而遠；不過，她中年女子的纖美，也是不能加以全盤否定的。

鮑副總離開「黎園」後的頭兩年，倒也熱烈應邀來參加過。雖然看上去有些厭疲之態，總體上還是相當精力充沛的，蹦跳之姿也時時可見。有時候，還會以半個主人的姿態週旋來客之間。近幾年，他則藉口婉辭。不知為什麼，我們覺得他不來是因為不能取決到底自己是主人的身分還是客人的身分。在「黎園」投資的失敗，對鮑副總感情的挫傷似乎遠甚於金錢上的損失，——我們都持這樣的看法。

不管是什麼原因，都與他太太的謠言無關。他似乎根本不在乎流傳中的謠言。當他必須主動拉它擋在自己前面的時候，排山倒海而來的是他的憤慨，他就是真理、他就是正義；緊接憤慨之後，我們在他身上看見的，必定就是那瞬間庇護著他的安全感，然後，他就會煥然一新地快活起來。可是，可是，小魏那次從夾縫中偷覷到的鮑副總跟他太太之間的關係，卻在我們之間興起了一團疑惑。在他太太冰雪般潔白坦率的目光封鎖下，義正詞嚴的憤怒似乎是不存在的；有的是被逮的小偷的柔順，以及一點點屈辱。偶而會有醒覺起來的反叛，但那反叛隨之便被更濃密、更厚重的臣服淹沒了。

有好事的人多方設法打聽那個故事的後續發展，終究沒有結論。它停頓在小魏帶回來的印象上，蒼白地死在那裡。

惠儀從沒有回來過。她婉約的堅拒，相對於「黎園」心不在焉的邀請，再遲鈍無感的人也不免為她不平。毫無理由地，大家把這冷酷無情歸諸到汪先生身上去。不平之外，我們懷念她。懷念她柔軟與堅硬交替的奇幻的美；懷念她現場聆聽甜膩無比、而經由電話筒的傳聲則嫌多了幾分鼻音的嬌媚嗓音。

小魏是唯一不動的「老」人。他跟汪先生是一對奇特的搭當。在小魏那句大家聽熟了的「好哦，好哦，汪大哥！」捧擁之下，瞬息膨脹好幾倍的汪先生，以他高昂的氣勢，對小魏予取予求。不管從哪一邊來看，——汪先生這邊也好，小魏那邊也好——這都是一對特殊的組合，他們各取角度，尋求最舒適自在的位置崁入對方。看來，小魏正一步一步跟隨汪先生的足跡，踏入這個難以復生的大染缸中。

小魏是尾牙宴接待來客的主要角色。但是每年困惑著他的，卻仍然是他自己的問題：他太太來還是不來。不來，他得為她找藉口，對找藉口這個工作的厭倦，從他臉上可以一絲不漏地讀出來。我們不曉得為什麼這會是他的大問題。

然而他太太在宴會上的出現，竟然會比她的不來造成他更深沉的「道德緊張」，這則更超出了我們知曉的範圍。我們看到的是斜斜坐在一側的小魏，歪向他太太位子相反方向，冷眼看著地下，一付任何話題，他一概避談的姿勢。這到底透露了什麼，大家不願多事去瞎猜。

不過，我們且來看看他太太這幾年有沒有什麼變化。大體上，她保持得很好。在某種抽象概念上，她似乎更乾淨些。她的頭髮向兩額梳得更高，露出更寬的額門，留給她的面容一個光潔的空間，——一種淨空。她的表情顯出她比以往更能做出果敢迅速的結論。她一走進宴會場所，便似乎已經對她眼中所見做了簡潔的檢驗，去蕪存菁，有了定見，而她的觀點一旦形成，便不容易輕易動搖的；她把她的看法出之以輕鬆愉快的方式，這無異明白告訴大家，她是怎麼也不會改變她的主見的。

似乎是這一切把小魏逼入了慍怒的心境。我們不管三七二十一把這心境歸入「道德的緊張」，老實說，是我們有偏見的直覺，沒有什麼道理的。

後來幾次，小魏太太都把兒子帶了來。費太太一直對小魏太太懷有好感，我們聽見她跟費先生說過這樣的話：「小魏這個太太很賢慧、很能幹。」有一次，她問小魏太太：

「你們還年輕呀，怎麼就不生了？」

小魏太太無辜地笑著搖搖頭：

「是他！他不喜歡小孩！」

毫不遲疑地直指小魏。在費先生、費太太四目交注之下，小魏向外側歪著身子，似笑又不甘於笑地，兩眼投注桌面：這是那時他當著大家面，對他太太的典型姿勢。他們這個兒子長相不錯，也聰明伶俐，是個被媽媽管教得很好的孩子。

小魏如今算是「黎園」的元老了；他看了費先生、惠儀、鮑副總的離開，眼看又要見證一波新人事的更動：接替費先生的吳小姐，留美碩士，聽說有辭職的念頭，而且勢必會成為事實。不久就會再有新人出現在「黎園」了。

這是再自然不過的事。我們最後也必然會被更替的；原先在我們眼中氣勢新銳的所謂新人，在接替我們的另一批新人眼中也成了「老臣」。世事不就是這樣走過來的？

但是，我們最後、也是永遠的問題是：「黎園」究竟能走多長遠的路？跟「黎園」相類似，或更大更大、或更小更小的大小王國，他們又能存續多久？

二〇一七年十一月二十日，丁酉年，十一月二十日，星期一，增刪

二〇二〇年二月二十六日，庚子年，星期三，重撰

附錄、短篇小說兩則

偷窺

強烈颱風「杜鵑」，七級風暴風半徑兩百二十公里……其邊緣已於凌晨觸地……

果然風起了。先是一小撮散兵游勇，仗勢在樹梢撥弄兩下，便被一隻看不見的彌天巨手一掌劈開，大隊人馬傾巢便到。於是夾竹桃披散了長髮，呼天搶地。烏雲一潮又一潮，奔湧過來，急竄而去。

貼緊背脊的衣服，產生的是整片整片的肉的黏膩。肉感的颱風；肥大豐滿，一陣呼嘯便是一扇肉屏風的倒塌。然而不說也知道，期待颱風，也屬於普遍的竊喜，流動在每一個人心中。

天色陰下來了，不久就會是黑暗明目張膽的進襲。先頭部隊之後，真正的風暴跟著就要開始。幾滴暴雨，滴滴篤篤敲在紅磚上，一陣風又把雨帶走。驟然一暗，一定又是一塊烏雲趕來遮去了天光。

在晴朗的日子，這時候正該是滿天輝煌的夕陽。從那邊紅磚道上出現的她，就會慢慢轉向這邊的紅磚道。在那轉角，那棵枝葉細密的矮榕；那張白色的鏤花椅子；白柵欄圍著的幾叢黃菊，就生動起來。

首先是她的腳。足尖最先著地，然後輕輕揚起，露出小半截鞋底，又輕輕踩下去，於是一股彈力帶動了身子。設想，萬一、萬一揚起的鞋底不是小半截而是從足尖到後跟的整整一片，從這整整一片鞋底洩漏的愚蠢——只這一點點「愚」就足夠了——那她從一開頭，就會全然地被否定。

她征服你的第一件事是她從來不穿露趾的涼鞋；總是半高跟的正式鞋子。一雙乳白的，一雙米黃的，一雙漆黑的。鞋子擦拭得很乾淨。最重要的還是，鞋子不是露趾的涼鞋。

有時穿絲襪，有時不穿。不穿絲襪的小腿生澀得很，彷彿蒼白多感的小女孩，被硬推到大艷陽裡來。而穿了絲襪的腳踝和小腿，是櫥窗裡嫩黃的蛋糕，一種精緻的細甜，第一口之後，你就不由得第二口第三口把整塊蛋糕吃光。當然它不再是蒼白羞澀的了；是豐滿富麗、閒適自在、應付裕如的。赤裸的小腿屬於她個人；穿絲襪的小腿屬於大眾。絲襪是甜食中的甜味，使人嘴饞，卻不能提供滋養。

沿小腿向上，大腿與小腿相接的腿彎，向內側微微突出，——狂喜便產生在這彎形的結構上，寄存著富饒的一切可能。

而後便趨於曖昧。偶而有若隱若現的白，取決於跨動的腳步的大小。現實止於此處，從此處向上便歸入黑色地區了。可是，譬如再往上…裙襬因步輻的一前一後，掀動起來，便可能會有一隻小白兔，出沒在黑色的接壤；牠一會兒閃出來，一會兒鑽進去。如果裙子更短，譬如迷你裙、熱褲之類，那麼又…不過，迷你裙和熱褲倒是從來沒有出現過。總是規規矩矩的一套深色洋裝，或者一襲及膝的裙子。這洋裝這裙子卻動不動就極端起來，把黑色幻化成透明：──在跨步的時候；在腳步踩下去，穩住，將抬未抬的這一俄頃，拒絕光線的黑色便透明得近於發光體；於是一種姿式就形成而超越了現實，獨具意義，比現實永恆。

從膝蓋到皮帶或束腰這一段路程最為複雜。有不可撼移的堅拒；有最澈底的洩密，而這種種，寄託在行動的雅緻上面。一個小小的動作，原只是一個局部小光點，但是因雅緻的引介，立刻開展成下半段的全面表情。那樣豐富、那樣矛盾的表情卻只會呈現在洋裝或裙子上。唯一的一次牛仔褲──是只有那一次吧──，卻把那些複雜簡化成單調的平凡。牛仔褲之為物，除了方便，就沒有其他含意了嗎？

統率這一片富饒的雜亂及洶洶暗濤的，似乎是腰間那條皮帶或鬆緊帶之類的東西，──總之，是腰間那緊緊的一束。從這中央大一統向上，則是一個明白曉暢的王國；這裡，沒有詭辯的掩飾，只有普遍的大眾化意義，淺顯易懂。你大可以翻一頁書一般翻過去。

不過，且慢；有來自一旁的干預，把裸裎的易懂局限了；把向膚淺接近的王國勒住了。這干預是兩側的手臂：纖細、柔弱卻倔強外向的手臂。左脅永遠夾著一本厚書；右臂肘灣略微向身子內屈，手臂擺向後方的時候，膀子後側的肌膚便逐漸繃緊；逐漸把它的白皙和細膩作最飽滿的發揮。突然之間，不知怎麼，這大眾化的淺易就深沉起來。所以說，這一旁的干預是來自手膀。

肩上飄著長髮，一匹瀑布無聲地垂瀉而下，但那是在無風的日子；或當腳步輕盈踏實的時候。假如遇上暴風如現在；或在步履踉蹌的特殊狀況，那小瀑布說不定就跟路旁的夾竹桃一般狼狽了。在長髮的簾幕下，臉雖然欲現還藏，卻可以確定下巴的尖尖，——不是銳利的尖，是細嫩的尖。嫩筍的尖。輕輕一口，脆嫩到底。

嘴唇抿得緊緊的，濃麗飽滿，這是抹了唇膏的緣故。大半是玫瑰紅；血盆大口的鮮紅是絕對不多見的。謙抑的玫瑰紅；內斂的玫瑰紅；不可抗拒的玫瑰紅。右唇上有一顆痣。明顯地黏貼在唇沿。為什麼白皮膚的女孩臉頰就一定白得透明？是邏輯的必然嗎？挺直的鼻樑架著一副金絲眼鏡。鏡片是溫馴的，從來不見有近視眼鏡鈍光的閃爍。鏡片放大了眼睛；眼睛有時望著地下，有時直視前面，一貫透露著沉靜的逼視。細長的雙眉從金絲框斜飛出來，飛向白垠垠的那一片寬廣的額頭：那一片塵囂滅絕的處女地的雪原——與這密切相連的便是細細的、清楚的髮腳，是小瀑布的起源了。

如果不是那顆痣和嘴唇的反證，這就是一張清逸絕塵的臉了。痣在那顯眼的局部，執意釋放著一種「不管他三七二十一」的堅持，極其剛性；嘴唇雖然是謙抑的玫瑰紅，但它總似乎有模糊不測的計謀，令人疑惑。痣和唇出賣了這張臉。

夾道的夾竹桃猛然彎倒。嘩喇喇，嘩喇喇。篤篤篤的雨滴敲在紅磚上，一顆雨滴一個小圓圈，周圍整整齊齊的一圈小芒刺。雨勢又住，被那隻大手一兜抄走了。

潔淨精緻的轉角，風紊亂了它的線條，在焦距集中的所在形成一個無法澄清的疑團：那甩動的枝葉是在勾接柵欄內的小黃花呢，還只是在那裡顧盼自雄？——不過，這也去擬人化，真的是太無聊了吧？真是的。

垃圾車叮叮噹噹響著在那頭出現。叮叮噹噹，時而昂揚銳利，時而悠遠飄忽，由於風的緣故。腐臭的氣味是立即要來的威脅。

依舊是焦距聚集的所在，襯底的烏雲層層疊疊。

忽然之間，她崁進了那轉角；好像貼在鏡面上的一個紙人，無聲無息的出現，但的確是她，整個她。晚了十分鐘。也許是在哪個騎樓下等雨停吧？但雨其實是時有時無的；那就或許因為莫名其妙的狂喜，一路聒聒噪噪說個不停，什麼今晚停課該多好，等等等等⋯，因而耽擱了。

長髮飛舞，十分瘋狂。她好像被帶向瘋狂。真相隨即大白，那是因為她的鞋子。那鞋子居然是一雙涼鞋，一雙最不負責任的露趾涼鞋：一根細帶橫越腳背；再一根細帶繞過腳後跟。簡直瘋狂到極點。她就這樣被帶向瘋狂。

風是亂風；忽前忽後，忽右忽左。有時捲成漩渦，由下而上——這都可以從頭髮的飄舞、裙子的拂動證明出來。黑色的裙子，狀似學生裙，但是在腰間的縐褶或什麼地方，一定藏有異於學生裙的小巧心思的變化。裙子寬大，被看不見的大手肆意扭扯，意圖不明，結局倒是明顯的：由前向後扯動的時候，裙子作為風的幫凶，逼使小腹鼓凸出來；緊接而下，是一個突然掩藏不及的密秘——一個清清楚楚的Y字形。黑裙之上是白色襯衫，堅決、坦白、無畏地挺著。那個王國的曉暢明白，依然曉暢明白。

風向前扯動的時候，黑裙的面貌近於猙獰；它拉扯著她，扯向一個她不願意去的地方，於是她背面的一切便如揭開一床被子那樣一覽無遺：背的光禿，臀的壁壘分明。

凡是衣服鬆動的部分一致瘋狂向前，纏拖著一個尷尬的背部。落後的背部驀然有一種詭秘的意味，彷彿蒙羞了似的。

左脅夾著書，右手高高擡起，固定在那個姿勢。原來，那隻手及那姿勢的企圖是在按牢飛舞的長髮。這終歸是無濟於事的。以一手的孤單，何能敉平萬千叛逆？然而，這姿勢一直維續著，好像由於背部的蒙羞，到了手臂部分，個性恣意發揮的結果，變成了憤怒。

在黑色裙子的凶狠暴虐對襯之下，小腿是令人訝異的白；令人溫暖的白；令人心軟的白，——它幾乎把背部的狼狽都挽救回來了。風聲淒厲，天色陰暗，這躍動的白，是周遭獨一無二的異樣顏色。

身高在一六五上下。算是高身材了，但也不致於高到像那個挖苦矮個子男生的笑話：你要讓她給你餵奶嗎？真是的。

灰土路。因為陣雨，灰土路成為泥濘路。穿涼鞋的現實考慮不外乎兩點：一是方便，一是怕髒污了好鞋。但是，穿涼鞋，泥巴豈不更會污了光腳丫嗎？是則，對鞋的愛惜，豈不超越了對腳的愛惜？

又是一陣暴雨，如一排槍彈齊放。獨一無二的白活躍起來，快速度交互移動，影響所及，讓人無法不去看的，是處於尷尬狀態的臀也在快速度凸扭著，彷彿一組一發動便不能停止的機械。在最初的一秒，驟雨便打濕了黑裙，濕透了，黏在身上，使得原本適度大小，萬源之源的臀沉重而笨拙。一樣濕透了的白襯衫透出粉紅的肉色，那橫過背脊的細白帶，白得要跳出來，簡直隔著衣服就可以把它解開。長髮飄得滯重了；肆意輕薄著臉頰的髮絲，如今濕瘩瘩黏滯滯巴塌在頰上，中毒死去了一般。

這一陣雨似乎暫時沒有停歇的意思。頃刻便是泥漿滿地。腳在皮鞋裡當然還是安全的；涼鞋呢，涼鞋怎能保住腳的清白？赤腳戮進爛泥，那是如何如何一種滑膩。先是清涼的表面接觸，繼而溫濕柔軟便四周包圍上來，好似一條濕暖的長舌，一直舔上腳背；爛泥從腳趾緊緊地擠進來，擠進來，咕吱咕吱，擠上腳背，吐一腳背黏涎。

雨倒又剎住；風向卻一致了，由後向前推動，無窮巨大。狂飛亂舞的樹枝現在一致倒向前面，太一致了，是某種令人驚恐的，不祥而澈底的統一澄清。

然後，是右面第幾棵樹吧，終於被逼進了極限，呼喇喇一聲，就此全盤放棄了自己；從接地的部分折斷，參差猙獰，無數的獠牙，卻露出多汁的白，不見陽光的肉感顏色。

裙裾掀動，便有小白兔鑽進鑽出……如果是迷你裙熱褲，或者……

突然有吱吱的銳聲劃破了風的密陣，直射而下；空中爆發了一蓬奪目的藍火，一根電線彷彿在脈動的極高處，嘎然靜止，脫離接觸，游絲一般虛脫，在風的巨濤中浮沉著。刺進來一聲恐懼的驚呼。是為了制止這一聲可疑的呼號，又或許是為了使征服的暢快保持其純粹性吧，暴雨從後面直掃過來，滾湧向前，把那聲尖叫一口吞滅了。

她扭轉頭；比襯衫更白的臉，被搭在臉上的髮絲猙獰地割切著。

「……什麼鬼風啊，我，我，我走……走不動了……」

的確是尖銳的人聲，——她的聲音——不可思議地竟然穿透了風和雨的瀑布。

她止住了奔跑的腳，佝僂著腰。大雨如注，長髮這時是一塊黑綢布，裹在頭上，裹出頭顱的形狀。雨水從頭頂扭扭曲曲奔流而下，流經眉毛，把眉尖沖得向下彎；流經鼻尖，一滴趕一滴地往下滴。另一道水流從嘴角流到下巴，然後一個大轉彎，滑向喉頭，從敞開的領口流向了裏面，然後就向不可測知的什麼地方流過去了；——以它無上皇權的絕對粗暴，去搜驗什麼，查證什麼了。

她走不動了；右手按住右腳踝，指縫滲出深色的液體。她停住奔跑，痛苦彎腰的原因在此：她受傷了，她流血了。

「……我的腳……不知道是什麼東西……大概是鐵釘子……」

在風雨的怒吼中，想要讓人聽見自己的聲音，只有「聲嘶力竭」才辦得到。然而這立即就造就了一個現象：力窮繳了她的械，解除了她所有的戒備，完全攤開了自己。她的眼睛先是射出求助的光——一種親近的眼色；警覺到自己防衛的鬆懈，一變而為遙遠的辯白，——可是，想要召回她的武力，看來是不可能的事了。

傷了她足踝的，不會是鐵釘；鐵釘總不會跳起來割向足踝吧。大概是釘著鐵釘的模板之類的東西，一腳踩到這一頭，那一頭就翹起來割破了腳踝。她張望了幾眼，找那罪魁禍首：——

「算了，算了……」警覺到自己防衛鬆懈了居然還去輕信，面容一整。脅下仍然緊緊夾著那本厚書，一本原文書。毫無問題，這是她至高的尊嚴。

有一刻，她對於風雨的攻擊完全不在意，全神集中在她受傷的足踝。為了防止雨水流進嘴內，嘴唇撅得高高的。那顆入世的痣，如同釘在白粉牆上的一枚黑色圖釘。

你不在意，你就必定會嚐到應得的後果。

果然，果然是這樣。一陣狂風掃過來，把她不平衡的身子掃得向前一傾，右手慌忙鬆開傷處，急急伸出來尋找支撐；於是這才尷尬地穩住了她幾乎撲向爛泥的身子。

她的手指和手心一樣冰冷，這當然是風和雨的關係。聽說也有天生皮膚透涼的女人；有道是，身上涼冰冰，一口把你吞。襯衫是齊肩的短；所以她腋下才會經常有可疑物的忽隱忽現。雖然臂彎之下有肌肉的柔軟，以及透過擠壓呈現的內部骨骼的堅硬，那薄薄的一小叢，仍極具個性：中立且不介入；滑動而不關心。在風嘯雨吼中，似乎有窸窸窣窣摩擦的小聲音從那裡傳出來。荒唐。

大約三四十公尺外有一盞未滅的路燈，微光所及，路旁有一間工寮。

她拔足欲行，人卻傾側過來。原來，她右腳抬起的時候，涼鞋陷入泥淖，被緊緊吸住，拔出來的只是光禿禿的腳丫子。這涼鞋原本就是最、最不負責任的。她低低垂下頭，無比羞愧的樣子。於是狂注而下的雨水把她的長髮沖向臉的兩側，直垂而下，像受傷的鴿子，兩翅垂落在地。在黑暗中裸現的是蒼白的後頸，隱隱鼓凸著頸椎骨的環節。雨水從這敞開的閘門灌向裡面，向前胸、向後背全面進逼，攻佔她所有的隱密。

難堪的怕不只是拔起光腳吧；更難堪的是把光腳戮進泥濘中去，那時候，滑膩溫熱的爛泥便會從舔觸她的腳板心開始，向她的趾縫塞擠進去，然後舔向腳背，然後……

但是什麼事總有第一次的。難在開頭。她沒有其他選擇了・她只有面對現實。

荒廢已久的工寮。除了一張破藤椅，其他都在黑暗中，——也或許根本就沒有其他。高處有一扇窗子，玻璃破碎，風的呼嘯和路燈的慘白，便從這裡進來，而燈光照出了藤椅；椅墊從中破開一個圓口，藤絲向下翻捲，像張口吐沫的魚唇，或諸如此類的東西。

從她右臂傳過來一陣輕輕的顫抖，也許是工寮瞬間的猙獰讓她駭怕；也許是工寮瞬間的安靜讓她高興；總之，她掙脫自己，向椅子走去。她左手去扶椅背，於是緊夾左脅的那本書啪啦一聲掉落在地上。她把全身委交給那張破藤椅的行動太誇張了，有幾分炫耀，近於示威的意味。

但是這麼劇烈沉重的委身，那破藤椅怎麼承受得住。椅子向後便倒，她變成和身撲了上去的姿勢，而且由於她立刻向前伸出兩手，那姿勢便不僅止於上撲，而是一種飢渴的擁抱。

幸而有隨之而來的一聲尖叫和兩手撐地的狼狽，才算是把她的行為辯解清楚了一點。

總有幾分鐘之久，她直挺挺壓向地面。黑裙整個翻了上去，彷彿哪來一隻手利用那一剎那空檔惡意地一掀。不過這倒是不可能的：她撲倒得太快了，任何蓄意動作其實都來不及。

在那一框水銀燈的燭照下，最先出現的是臀。匍匐的姿勢使這一部分更加圓鼓鼓的，因使力而飽滿；鑲了一道花邊的白褲，必定也被雨浸透了，緊緊貼裹在臀上。雙腿併攏，併得這樣緊，簡直緊繃成一副兇相。也由於使力的緣故，從腿根到大腿肚、到小腿肚，突起小條小條的肌肉。

這就是在麗日和風的世界裡，小白兔出沒的根本所在。一片巨大的白。失去了小白兔的靈動，這一片白除了過分龐大之外，呆滯黯淡；這片白除了莫名其妙的邀寵的暗示之外，它的肌肉也莫名其妙表達著相反的堅強的拒絕。

她一翻身起來，就地而坐，那片白頓時不見了；但是另一部分取代了那片白佔據的重要位置：她的襯衫。也許她傾撲下去的時候襯衫掛住了藤椅哪根鐵釘；再加上她兩臂異乎尋常的大張大闔，襯衫從第二顆鈕扣處撕開了一道口子；第三第四顆扣子都鬆脫了，兩襟裂向兩邊，罩杯要再藏也藏不住了，是深米色的；還有再藏也藏不住的是小半部上腹。由於上身向前傾，腹部肌肉縐起一道一道的橫褶。

她急急伸手去撫摸右腳的傷處。臉上的痛苦、關注和憂慮似乎遠超過那小小腿傷應當引起的程度。她是在故意渲染她的傷，以達到轉移注意力的目的吧。她必然對方才的狼狽有痛切的體驗，也許，她把這看成是她的奇恥大辱也不一定，她則正以堅毅來面對羞辱；而唇上的痣在發揮堅毅這一層，扮演了重要的角色。

竟然沒有憤怒。是因為尊嚴的崩潰，引發了一種道德上的墮落嗎？

好像是。因為墮落式的退讓繼續洩露在有意無意的小動作上。比如，掀起的裙子在她反身坐起的時後，固然有所改善，卻未曾恢復最初的嚴密。裙邊在膝蓋以上大約兩個拳頭距離，她並沒有把裙子扯下來，卻進一步屈起右膝，一任裙子滑向大腿的中段。再比如，她屈右膝的目的是察看傷口，但這個動作必然要暴露她的光腳，她不但不急於遮掩，反倒讓它伸展在燈光下。虧得泥漿糊住了腳趾，暴露方不致於過分澈底。她有意無意讓這些事相繼發生：有意無意把她的閨房密室一寸一寸打開。

她蓄意以有限度的墮落，轉移對她的奇恥大辱的注意。何等富心機的，自殘式的自救。

她一直讓襯衫的裂口敞著。是她一直不知道呢，還是這也是她有意無意的動作？

她全神貫注在傷口上。這時那顆痣在唇上活躍起來，一如逆僕或叛臣，在其主子疏忽的時候，便露出他不忠的本性；它以粗鹵的陽剛之氣——也許這就是「堅毅」的來源——來擾亂臉上的和諧。所謂「美人痣」，恐怕是濫情詩人最失責的想像。

傷處在滲血。腳背流滿了血。現在真正舔她腳背的不是泥漿，是血；是殷紅一片的血。如果有大疊衛生紙，這問題就好處理了。

「倒楣透了……透了……流那麼多血……」

為了跟風的咆哮抗爭，她尖著嗓門說。她四下裡扭著頭，尋找什麼東西。但是除了這一小蓬燈光，周圍漆黑一片。而包圍在燈光下的，除了她自己，只有折腿倒在一側的破藤椅，還有掉在地上的那本書。她撈起書，翻開封面，撕下第一頁；這撕下來的紙她就用來拭腳背的血。那紙立刻染透了血跡，沿著邊緣滴下來。

至於傷口痛不痛，她是這樣說的：

「疼呀，怎不疼？好長一條口子，」

如果她斬釘截鐵說：不疼！她就跟她的痣一致了，她只有一個自己；而她承認「疼」，表示她還有另一個自己嗎？或者，另一種理論是，她坦白，表示她放鬆了，用不著戒備了。

好像是這樣。因為接下來她做了一個驚人的動作：摘下眼鏡。她的臉一脫離眼鏡便赤裸裸毫無妨備，是截然不同的另一張臉，所以這是驚人的動作。她彷彿因此對自己的一切忽然漠不關心起來：對自己的姿勢；對直直伸向前、腳心腳趾糊滿泥巴的光腳；對半掀的黑裙……全然地冷漠。

甩乾了鏡片上的雨水，用手掌專心拭抹了一會，重新戴上眼鏡。她全身都因為恢復原貌而莫名其妙地清晰起來。清晰的結果，是她奇怪地失去了光澤。

右腳腳趾在扭動，為了掙脫逐漸乾硬的泥漿。左腳雖然還套著鞋子，但她自己對聊備一格的涼鞋也失去了信心，她冷漠以對。兩腿像圓規一般成三十度張開。變乾的還有長髮，髮梢蓬蓬鬆鬆的，隨風舞動，她不得不時時伸手去按住。手一抬起，脅下就露出薄薄一小叢。女人薄薄一小叢跟男人厚厚一大叢其本質、形狀也沒有什麼兩樣。

她開始說話。

「我就說不要去了嘛，我媽偏說哪會有颱風？聽他們說得嚇人，說得越兇，越不會來，包你沒事！我媽包我沒事！現在看吧，都掛彩了。」

話說得飛快。在風驀然靜止的剎那，那高亢的嗓門向工寮每一處綳射，一種脆薄的金屬音。唇上那異端的痣精力充沛，像是樂隊前的指揮，搶盡了鏡頭。

她又屈起右膝去察看傷口；這製造了一個新角度，讓更多燈光進到黑裙內裡去。

然而，——然而沒有祕密了，再沒有祕密了；或者說，那些祕密再也不是祕密了。

她繼續說話。

「不去上課也好。我們那個胖老師嗎？賊眼兮兮的。大熱天也穿長袍。他越不笑越滑稽，偏偏他頂愛一本正經。站上講台慢條斯理摸摸雙下巴，滿口土腔，今天囉個要槓的嘛……哈哈……不曉得他淋著雨沒？大長袍淋得濕滴滴的呀……哈哈……」

她笑得仰起了長頸脖；米色罩杯一起一伏。兩手撐在地上，兩腳伸得直直的，她真的是無所顧忌。

光腳板上的泥，小塊小塊剝落著，露出腳板的本來面目。唯有從正面的腳掌，才能看出人類最終的底蘊。在這個無人知曉的小小世界，慾望或者魔念；羞辱或者墮落，都潮起又潮落了；而黑裙不知什麼時候恢復了它嚴密的尺度，蓋在貼近膝蓋處，像一座幕已垂落的舞台。

風早就在減弱了；它繼續收拾著，繼續退走，把一度霸佔的王國讓給迫不及待的雨。樹的枝椏從瘋狂復歸到現在的適度，偶而大大地搖擺兩下；積塵滌盡的樹葉在燈下閃閃發光。

除了雨聲嘩嘩，是近乎窒息的寧靜。雨以它不可抗拒的巨大力量沖刷著大地。

二〇一七年九月二日

荊四叔的戀愛史

一

早年我們那個時代，要辦一份戶籍謄本或什麼「證明」文件，可是一樁大麻煩。住在小鎮上，你得一大早去鎮公所排隊，然後你就慢慢等吧。那時，沒有電腦，沒有影印機；排在櫃檯前的人堆裡，從人頭縫隙，只見辦事員埋頭在複寫紙上一個勁抄寫。而那時去公家機關辦甚麼都少不了「戶口名簿」、「戶籍謄本」、「身分證」、「相片（兩吋半身）」、「印章」（有時還得「印鑑章」）。少一樣嗎？對不起，再跑一趟吧。

記得那天家裡又要我去辦戶籍謄本；正好遇上也要出門的「蛤子」，他就跟我說：

「我認識我們這一里的課員，我陪你去打聲招呼，一定會快好多；賀阿姨人好，她一定幫忙！」

「蛤子」要我把隣里資料寫在一張小紙條上給他。他陪我到鎮公所，在我們這一里的窗口，他踮起腳尖向裡面招了招手，輕輕叫了聲：

「賀阿姨！」

裡面沒有回應；「蛤子」提心吊膽地又大點聲叫了句：

「賀阿姨！」

然後我就看見櫃檯前閃出了一個紅影子——想必是紅外套或紅毛衣之類的——。「蛤子」遞給她我那張紙條，低聲說了幾句話；回到我身邊說：

「我們在那櫈子上坐著等吧。」

真是神奇，不到十分鐘，櫃檯又閃出那個紅影子，向我們招招手。「蛤子」說：

「好了，我們過去吧，」

櫃檯上已經擺放著我要的戶籍謄本。但是我立刻看見的，不是那幾張紙，是在那之上的臉：那一雙滾動的、非常深入、專注盯向我的黑眼珠。等我也看向那雙眼睛的時候，卻沒能捕捉住它，因為它活溜溜滑向一邊去了；可是我捕捉住那臉上乍然綻開的一種奇特的表情，——怎麼說呢，是一種純真；一種被快速接近驚嚇到失措的、稚拙的純真——，那表情把她的臉一下子照亮了，襯出一張特別年輕的臉；然而這亮異的年輕，它的特別之處，卻在於同時放大了她臉上細微的縐紋，也讓我突然看見了她兩鬢灰白的細髮。

她嘴角露出一絲微笑，僅僅夠她露出一小排潔白整齊的牙齒，立時就抿了回去。是為了遮掩她的尷尬吧，她伸出手指把戶籍謄本向我推了推，說：

「寫得急了些，應該還清楚的……」

細尖的手指染著複寫紙的藍黑色；而忽然之間，許多淡淡的氣味同時湧進了我的嗅覺——而且成為我永恆的記憶——：複寫紙的生楞冒失的硬氣；微微的中藥淡香——這一定是那時風行的口含劑：銀色小丸子「仁丹」——；還有一點點莫名的清香，是從她湊得很近的頭髮飄送來的嗎？

然後，我發覺我對賀阿姨的謝忱，以及事成後的愉悅，都變成了次要的；倒是，總也忘不了走出鎮公所時的感覺：從越來越遠的賀阿姨那裡傳來的一種模糊而溫暖，令人不忍的感覺。我總覺得我應該幫助她什麼，卻甚麼也沒做就走開了；而莫名其妙的是，這一切都跟她染得藍黑的指尖；複寫紙的化學味道連成解不開的一片。

這就是我第一次見到的賀阿姨。

二

「蛤子」姓「荊」又姓「李」。荊是他的本姓，李家人收養了他，所以也跟著姓李。他從來不說他怎麼被收養，我們也從來不問。戰亂時代，這類傷心事多的是，有什麼好問的呢？我們只叫他「蛤子」。

父親佔職務之便，在鎮上分配到一間頗大的日式房子，據說是以前鎮長公館。我家住一大半，另一小半配給李家。我跟「蛤子」共住中間那間小房，也算朝夕相處了。

「蛤子」這個別號，當然來自他小時圓滾滾的身材；　啪　啪的外八字腳。不過，在我記憶中定型的「蛤子」卻是個乾黃的瘦個子。他上學之後，沒別的衣服可穿，終年就是一套黃卡其學生服，鬆垮垮搭在身上；人瘦，卻鼓著個小肚子，褲頭繫著一條超長的皮帶，尾巴一直垂吊到左褲口袋邊。我笑他像個小土八路。

「我還不如土八路，」他嘴角一撇，似笑不笑地說；總是在這種時候，我就會見著這麼一個蛤子：臉色蠟黃，兩頰下陷；雙眉倒是又長又濃，投下一片陰影在眼瞼，讓他一雙眼也是陰陰的，——一個從此定了型的蛤子。

母親注意的卻是另一回事：

「蛤子怎麼回事，成天啃白飯耶，他們不給他菜吃嗎？」

老人家不止一次看見蛤子吃白飯，還是捧著碗站在廚房吃。——我們倆家共用一間廚房，一家一個煤球灶。

「還在長個子的孩子，正需要營養，這李太太是怎麼啦，真是……」

於是她先試著偷偷撥些我家的剩菜給他；蛤子吃得津津有味，滿口謝謝。老人家乾脆炒好菜就撥出一小盤留給他，——自然是瞞著李太太。

往後，蛤子就跟我家走得更近。我們也才曉得他自小被李家收養。至於身世，除了本姓「荊」，其餘他一概不知。

小學畢業後，算我運氣好，考上了城裡的學校；蛤子則勉強在鎮上一所初中上學。能繼續上學，他自己也很意外。應該是他們怕人笑話吧，他跟我說。

各自上學之後，我們便只有星期天才能在一起了。我們最喜歡坐在院子裡那棵大樹下的石板上瞎聊天。話大半是我在說，張牙舞爪說著我的得意事。蛤子從來沒在意過我的滔滔不絕；他靜靜地一旁聽著，頭側向我這邊，雖然長眉覆蓋下的兩眼有些陰陰的，我確信他是全心全意，絕無雜念地聽著。只有在我住了嘴，他才會偏過頭去，望著前面，不時隨手拾起一根樹枝在地上畫著。在我不知天高地厚的那時，以為這也沒甚麼，他就是無聊吧。

但是賀阿姨這樁事為我打開了一扇向陽的窗。蛤子忽然被放大在我眼裡。這個放大的蛤子顯得滄桑滿面；跟我對比起來，他已經是個「大人」，他能做我做不到的事；有時候，我會忍不住斜眼偷偷地望著他，猜他在想甚麼，卻完全進不到他心裡去。

那麼，當我興高采烈，高談闊論著我的世界的時候；當他拾起樹枝在地上畫圈圈的時候，是不是在畫著他自己的內心世界，而那又是個什麼特別世界呢？

我唸的那所「名校」真正讓我至今不忘的是它的小圖書館——它教我懂得甚麼叫做「不懈的追求」。還記得在圖書館罕有人跡的一隅，我怎麼發現了那一整排的西洋小說叢書——大半是「禁書」——：發黃的白色封面，中間有一長條黑格子鏤空托出的書名。說實話，我真的吻遍了那櫥裡每一本書。啊，啊，那難忘的霉味！

在我的高談闊論裡，少不了會提起這讓人銷魂的記憶。我格外記得那個星期天的下午，蛤子和我就坐在石板上；而我正從「輕狂」慢慢收斂回來——因為我覺得我想說幾句難於敞開來說的真心話。——難道我也從他那裡學會了「含蓄」嗎？

我刻意把語氣放得既緩又沉穩：

「我真的把那一櫥書讀光了。那些書好在哪裡？好在它們能抓住你每一分每一秒的思想心情，用最準確的文字寫出來……要是有一天……」

才說著，我禁不住又放肆起來：

「……有一天我能寫得有他們百分之一的好，那該多好……」

蛤子不作聲，從腳旁撿起一根殘枝，在地上畫著圈圈。我覺得他在看我，——沒有，他只是微微向我側著頭，兩眼還是朝下望；長眉之下陰陰的眼神，透著一點嚴肅；一點憂心；但大部分是一種很奇特的寬容。他好像有話要說，卻始終不出聲。

不過，下一次我們碰面，他倒是直截了當就這樣說了：

「你想當作家啊？」陰陰的兩眼閃過一線亮光；就這麼一句，又住嘴不往下說。

上次他對我的大言沉默以對，給我招來的忐忑，猶在心頭；現在他欲言又止，更勾引起我的心虛，我哪敢說我其實已經在偷偷地寫些小東西了呢？

為了掩飾心虛，我索性採取攻勢，奪口說：

「蛤子，我怎麼就不知道你認識賀阿姨？你怎麼認識她的噢？」

「哦，賀阿姨！」

他的臉乍然一亮：「哦，是哦，賀阿姨……」

簡直整個身子都透亮起來：

「我會告訴你，我會慢慢都告訴你的……」

他似乎在回味什麼，又閉了嘴。趁他全神關注他自己的時候，我細細打量了他一眼，試著去印證這些日子他這個人在我心中起的化學變化。是的，他是不同了。第一個不得不引起我注意的現象，是他滄桑滿面的那類「變大」；其次，他在無意中一寸一寸釋放的「深度」，十分難解。然後，接著就是……

接著就是那個星期天，我們照例在石板上坐著，他陰陰的兩眼直盯著我說：

「你不是想當作家嗎？我帶你去見一位作家。」

他真還說到就做到。

三

我們那個小鎮有許多小巷。蛤子先領著我經過我熟習的「朝天宮」廣場——夏日傍晚，經常有老人家帶著自己的木管古箏，在場子上唱「南管」——。接著就拐進一條我從沒進去過的小巷，一直奔向一畦水稻，還不見人家。

「你怎麼又認識作家了？他，這位作家，你怎麼認識的？」

他頭也不回，直往前走：

「是我同鄉，也姓荊；搞不好我們還是遠房親戚呢……」

他停下腳步，想了想說：

「可是我找不到證據……」

「所以你去鎮公所查戶籍，找到了賀阿姨？」

「那是兩碼事，兩碼事。戶籍資料哪能隨便給別人？賀阿姨也不能。」

過了連綿幾畝稻田，右邊一叢竹林，從高聳的勁竹枝椏，露出屋瓦，蛤子循著蔓草及膝的小徑走進去；想必這就是了。

「他在他家排行老四，我管他叫四叔；你願意就跟著我一起叫吧，」

竹林圈圍著一個小院，靠邊用紅磚砌了一個小水池，養著幾尾錦鯉。蛤子彎腰順手拔了幾根長草：

「前兩天我才來鋤過草的，又長長了，」

直起腰，提高了嗓門：

「四叔，我來了，我帶了一個朋友一起，他一直想來看你！」

他帶我來，這話沒錯。可是我沒有「一直想」來看他；即便「荊四叔」這稱號，我也還是頭一次聽他說起。而他居然當著我的面，當成真話來說，這是超越了說謊，是一種可大可小、可高可低，隨心所欲的心機的運用。我恍惚看見他在他的苦難中，彎彎曲曲走出他自己的路子；現時他還在我的視線之內，卻走在我好前面，好前面，不知道他要往哪個方向走。

這是一棟日式木屋，屋基蠻高的，所以有一個水泥台階給人踏階進屋。當門橫著一條地板走廊，中間端放著一座矮茶几，陶瓷茶具齊全；再往裡是榻榻米的內室，遠遠的就看不清楚了。

蛤子把嗓門提的更高：

「四叔，我來了……」

從屋裡走出一個瘦高個子，許是屋頂太矮了吧，他不得不微弓著背；一頭花白短髮，架著一付銀邊眼鏡。他在走廊上向我們這邊揮揮手：

「定遠，今天怎麼來了？這位小朋友是……？」

「定遠」是蛤子的學名。蛤子不回他的話，高聲問：

「你餵了魚飼料沒有？」

刻意挑剔的口吻，非常苛刻的。

「餵了，餵了，哪敢不餵呀，哈哈……」

蛤子一絲兒也不滿意；眼神四面掃射著：

「才除了兩天的草，又長成這樣了，明天，明天我來！」

我們已經走到台階前，蛤子這才來介紹我：

「我鄰居，我們住一個屋子。他姓陳，陳宜文。」

「啊，好！宜文小兄弟，請進，請進！」

蛤子在我之前進了屋；我踩上台階，在走廊邊邊坐下來。我記得那天我沒有進屋，因為我連鞋都沒脫。蛤子根本忘了我。越發挑剔地，他這邊看看，那邊摸摸，大大嘆了口氣：

「我就說吧，這屋裡沒有人打理是不行的……」

明明是帶著譴責意味的遺憾，可是我卻從他身上看到通體舒泰的自在；兼有一種對長輩那膩膩而霸氣的呵護關愛。

荊四叔一旁向他擺著手：

「好了，好了，你就別說了吧，宜文小兄弟在著，我來沏壺茶，大家聊聊。」

蛤子雖然故意裝得不受管束，卻乖乖地走過來，盤膝坐在小茶几邊。

「我倒想問問你呀，最近家裡對你還好吧？你『杯杯』回來沒有？」

蛤子管他養父叫「伯伯」——「杯杯」。

蛤子垂下眼，兩眼就陰了下來：

「回不回來都一個樣，就這樣過著吧，過一天算一天。」

荊四叔很注意地看了蛤子一眼。他動手沏茶；不必荊四叔交代，蛤子把他要的東西按序一件一件遞給他。

我趁機偷偷打量著荊四叔。他有一副瘦而不削的臉，近於方正；那種方方正正的臉，永遠都不會有半點壞心思的；永遠會在追求「正確」，替他自己，替別人。這種人連他的「誠懇」恐怕都會是特別的，只要他心裡有一點誠懇的「意思」，便會翻江倒海，滿溢出來，全盤托出在他臉上，奉獻給對方。然而這種臉也會把類似的結果，反映在相反的情形：他好像也經不起別人情感的傾倒，我感覺他有意要以這點特色來維持他跟別人適當的距離。

我看向屋內，榻榻米的客廳除了靠牆一個半大不小的書櫥，空蕩蕩什麼都沒有。書櫥的玻璃門拉開一半，從我遠遠的坐處，我還是看清了幾本厚書的書名：一本「紅樓夢」；一套四書。其他就看不清了。

蛤子給每人斟上一杯茶：

「我們宜文也是作家呢，聽說四叔你是作家，他每天巴望著來看你！」

我大窘，簡直像給脫光了衣服似的：

「蛤子，蛤子，你胡說些甚麼呢，我哪是甚麼作……作家呀！」

我不但窘而且生氣，因為他又說了假話；但是他似笑不笑滲著一點狡猾的表情，卻既像在揶揄我，又像是在幫襯我，這讓我的氣憤變得很複雜。他的苦難把他彎彎曲曲引到什麼地方來了啊。他把他的心機隨意揮洒，大膽運用到他周邊，於是他掩藏了賀阿姨，掩藏了荊四叔，然後簾幕一掀，他們清清楚楚出現在你眼前，卻依然是一團謎。

荊四叔慢吞吞地說：

「寫作是好事呀，是好事！不過，定遠，我可不是你說的作家啊！」

「四叔，你就別謙虛了，你寫了那麼多，怎的就不算作家？」

荊四叔把端起的茶杯放回茶几，凝神盯著桌面，眼神深刻的程度，讓我感覺至少有一剎那在我失神的時候，他銳利地掃了我一眼。

「是自娛，那是自娛。」

端起茶杯，喝了一口茶。

蛤子屈腿起身，高高站在我們前面。老實說，我對出現在他臉上的興奮有點意外。他還是沉浸在他那個如魚得水，得心應手的境界中；但是剛來時他東摸摸，西看看，無所發揮的遺憾，此刻被一種終於鎖定了目標的積極完全取代了。他興奮得臉發紅。

「你看，宜文人都來了，你就把你寫的東西，你的大作，拿點出來給他讀讀吧！」

荊四叔連忙搖手：

「不可以，不可以，那是初稿，還不成熟，不成……」蛤子不讓他說完：

「沒關係，自己人，你不拿，我拿！」

荊四叔對蛤子到底是寬容，還真的是溺愛，我一時分辨不出來。他咬著嘴唇，不再說話。

蛤子半跪在書櫥前，翻來兜去，從緊裡面掏出了厚厚一疊文稿，抱來放在我前面。

「喏，這就是荊四叔寫好的一本！」

得意的神情，像是在誇耀他自己的作品。荊四叔嘴角一鬆一緊，意義很不明確；過了一會，他終於淡淡一笑說：

「定遠，你看你……宜文，看這東西很費神的，不想看就不要看吧！」

我聽得出他這話的誠懇，卻不能肯定他的心情是不是跟我一樣。我的情況是，誰要強看我剛寫好的東西，我的第一個反應是恐懼。

我慎重地捧著那一厚疊文稿，說：

「我當然要拜讀的！」

為了表示誠意，我從茶几的近旁，向後挪移到拉門邊，離他們有幾步之遙，然後翻開文稿。

我明白了荊四叔「很費神」的另一層意思。原來他不是用有格的稿紙寫作，他寫在一張一張釘起來的白磅紙上；字既小又密，就算我年輕眼力好，也著實「很費神」。

不過，我真正的障礙不在這裡。

在我自己那個缺乏判斷力的年代，我滿腦子只有「杜斯托夫斯基」、「托爾斯泰」……；我忘不了毛姆說過的一句話：他說在他成長的過程，他寧願「普羅斯特」給他痛苦，不願別人給他快樂；那些話說到了我那時的內心裡去。面對這密密麻麻的文稿，我幼稚的傲慢抬了頭。我覺得這文稿代表的，是一個正直、善良、光明，而且為我所傾心的靈魂，在隱密的黑暗中所作的渺茫無助的努力。

心中缺乏了誠意，我游動的兩眼就進不到密密麻麻的文字裡去。

但是，我兩耳卻加倍銳利起來，把幾步之外兩個人的對話一一都聽入了耳。

在文字裡被我的無知曲解得有些渺小無奈的荊四叔，跟蛤子的談話卻安慰了我對他這個「人」的傾心。他無私、諒解，尤其是，他熱心。

我聽見的是荊四叔安詳有條理的撫慰；蛤子先是孺慕，後來變成令我意外的急切。

「定遠，你端茶的時候，我瞧見你手臂有一條新的傷痕。你『杯杯』又對你動粗了？」

「我這不是習慣了嗎，四叔？」

「你說得倒輕鬆啊！」

「一點不輕鬆。不過，有一天，總有一天，我會讓他好看！」

靜默。

「定遠，有一句話我要說給你聽：想一想，他們不是也把你拉拔大了嗎，不容易呀，孩子，」

「就是因為這，我才忍著。我一定會離開他們家，你等著瞧，四叔，」

然後，他加了一句——這時，我聽見了他的孺慕：

「我一定會離開他們的。我到你這裡來，伺候你！」

「你這孩子腦袋瓜都裝了些甚麼傻念頭啊！」

「好了，不說了，四叔——」

蛤子忽然住了聲；我逡巡在密密麻麻文稿上的兩眼，不由得偷偷地掃向蛤子。

「四叔，我又去看了賀阿姨！」

蛤子陰陰的兩眼先是觀注前面，沒聽見荊四叔的回應，他轉頭盯在荊四叔臉上：

「賀阿姨！我去看了賀阿姨！」

愣住的荊四叔一震，回過神來，淡淡地說：

「哦，她……她還好吧？」

「好什麼好，忙死了，我在櫃檯前站了十分鐘，她只抬頭跟我打聲招呼，就埋頭寫個不停！」

是的，記憶中的她就是那樣：埋頭寫個不停。我彷彿又看見了那令人心酸的被複寫紙染得藍黑的手指；彷彿又聞見了讓我感到溫暖，從她髮際飄來的淡淡香氣；還有那緊緊裹在紅毛衣裡的孤獨。

荊四叔嘴角卸去了笑容，便如潑空了的淺碗，一清見底——他顯得好蒼老。他輕輕一嘆：

「這工作她何苦還去做著呢，她又不缺這幾個錢……」

「賀阿姨是為錢嗎？」

蛤子的雙眉揚了起來，陰陰的兩眼有點兇。荊四叔索性閉上眼不說話。

「我說呀，四叔，你也真是！都那麼些年過去了，賀阿姨呢，她也已經單身，你老呢，一直就是光棍，什麼話不好說，你們就這樣撐著，耗著……」

這時候，我就看見了蛤子的急切。

荊四叔睜開眼，手掌輕輕拍了拍地板：

「定遠，你就別說了，好吧？」

正如他給我的第一眼印象，他一下子就「滿」了起來；很難判斷這印象是好還是不好。

記不清那天我是怎樣把文稿還給荊四叔的：只記得我一個字都沒看進去；只記得荊四叔接過文稿時，帶著微笑的淡然，而這反倒刺得我心中一痛——像是我在譴責我自己的無情。

「我是先認識賀阿姨，再認識荊四叔的，」蛤子說。

我們正穿過那幾畝稻田，往回家路上走。我的恍惚直到這刻也還沒消退。想必因為我不尋常的沉默；也或者因為剛才的激越吧，蛤子有些多話起來。

「幾年前，我去鎮公所辦戶籍謄本，賀阿姨跟我說，她有一位朋友也是河北人，住家離我們不遠。我跟她要了地址去找他，才知道他也姓荊，以後我就常去找他，就這樣熟了。」

「是同鄉，又同姓，該不會真是親戚吧？」

「我連自己身世都搞不清楚，哪知道這些？」蛤子說。

於是，接連著好幾天下午，在大樹下的石板上，蛤子陸陸續續告訴了我賀阿姨和荊四叔他們倆的故事。

四

「我認識荊四叔的時候，他就在寫作了，寫了好幾本。我問他怎麼不拿去出版。他說你不寫這玩意，問他做什麼呢，知道也沒用。我胡亂猜，他是不是怕人不要他的稿子呢？這些年我算是摸清了他一點個性，他呀，他就是信不過他自己。寫書，還有他跟賀阿姨的事，都一個樣。」

蛤子用這個話題作為開頭，觸到了我的痛處。自荊四叔接文稿時的淡然一笑開始，我就從我蠻橫的幼稚傲慢覺醒過來；不經判斷，毫無理由地貶低一個好人，是我的羞恥，烙痕猶在，觸之隱隱生痛。

蛤子有意纏著這個題目。我警覺地懷疑他眼裡究竟看穿了我多少？他走過的彎彎曲曲道到底教給了他多少？

「那天我特意挑了一本給你看，」他說：「你看了沒？」

我遲疑著不知怎麼回答：

「看……看了一些……字不是寫得蠻小的嗎？……」

「他是幹『文書』出身的，寫得一手好字。我挑那本手稿給你看，是因為四叔說那本他寫得最用心。我看他好像是在寫他自己、寫賀阿姨；可又不像，不，不像。」他低頭想了想：「不像。他跟賀阿姨倆呢，看著有那麼點驚天動地的，又像什麼也沒，沒聲沒響就過去了，連氣泡兒都沒冒一個；這書裡寫的可複雜多了呢……我還真看不懂。」

他的「專業」嚇了我一跳。顯然他不但讀了手稿，還有許多領會。我呢，我算什麼？

我迷惑地盯著他好一會：「蛤子，你肚腸裡到底還藏著哪些有的沒的，不打算告訴我呀？」

而蛤子照例陰著一雙眼，不搭理我的話。

我把蛤子說給我聽的故事整理了一下。

不過，首先，我還是把他們的本名還給他們去吧。荊繼榮——荊四叔；賀鴻紅——賀阿姨。

賀鴻紅跟荊繼榮在鎮公所同事了一年多，倆個人才正正式式說上第一句話。賀鴻紅，當她開始像一片蔽天的紅雲向拘謹的荊繼榮逼近時，看在大家眼中，是既怪異又理所當然，——都因為她是賀鴻紅的緣故。

賀鴻紅不特別漂亮，卻能吸引每一個人的目光。她有一頭自然卷的柔髮，皮膚白皙，一口整齊細膩的白牙。

然而，這不是全部。她活溜溜的大眼帶給她一種氣勢，是這氣勢把她突出在眾人之上。怎麼說她呢？她會莽莽撞撞闖進你屋裡，不管屋裡有沒有人，她滴溜溜一雙眼從裡到外，點滴不漏打量個透，而又奇異地絕不會打擾到你。是這種大開大闔，卻又謹慎小心的獨特氣勢。

荊繼榮的安靜是忙碌的辦公室一帖清涼劑。儘管別人忙得人仰馬翻，他永遠不疾不徐，工作卻做得快速。他一手整齊的小楷，在只有複寫紙和鋼版的那個年代是很管用的。但沒有人因為他一手好字格外注意他。不過他確實因為他一手字開啟了他跟賀鴻紅的對話。

那一年春節前夕，主秘在辦公室當眾誇獎荊繼榮的字之後，加了一句：

「繼榮兄，今年過年，就偏勞老兄替同仁謀謀福利，寫幾幅春聯送給大家吧？」

荊繼榮露出後來變成他招牌的，竭誠而不求回報的笑；他倒是沒有謙讓：

「行，只要大家不嫌棄！」

賀鴻紅的黑眼珠向他溜過去，在他臉上停注了好一會，十足「粗中有細」的特殊況味；只是，這次她沒有決定要深入。

荊繼榮利用中午休息時間在會客室寫春聯，寫了好幾天，說好了每人一幅。完成那一天，賀鴻紅閒閒地逛進會客室，左瞧瞧，右看看：

「大家都說你小楷寫得好，大楷也不賴啊。」她眼鋒掃了他一眼。

「過獎，」他說。

她手指撥弄著最邊上那一幅，上聯寫的是：糕潤菓美蜜四方；下聯：魚鮮肉香芳八面；橫批：都是年味。

「這也算對聯？」

「我這人沒讀啥書，瞎掰著玩兒；寫來開開筆。」

她端詳了一下：

「這幅我要了！」

「不好吧？」他忙說：「狗屁不通，不登大雅，能用嗎？」

她嘴角抿著——正確說，忍著——一抹微笑；誰也不知道為什麼那時的荊繼榮讓她那麼好笑。也不說話，一逕把這幅對聯捲起來拿走了。

「春聯」這事，讓大家實實地感受到荊繼榮的存在，一個溫暖可靠的存在。而賀鴻紅的好奇心突然高漲起來，她大膽揮軍深入，以她的細密，要不了多大功夫，她就摸清了那個「存在」的動向底細。

先從他有趣的午餐開始吧。他總是在最好的胃口下吃完他最簡單的便當，——這也被她看得很清楚：一個饅頭配一點小菜。他旺盛的胃口是他有趣的另一部分。但接在午餐之後的動作卻測試著她的智力：他從抽屜掏出一個小方包，又抽出一塊滑稽的「墊板」——花花綠綠，小學生用的那種——，快步走進會客室；從這裡開始便有些不可解，於是她的注意力更其尖銳地投入他的動作：他在會議桌前坐下來，從小包取出一本筆記本之類的東西、一枝鋼筆，埋頭寫了起來。這要維持到上班前五分鐘，他看了看手錶，才收拾好他的道具，回到她的辦公桌。他在寫什麼？

這個不解的謎團，升高了她的鬥志。她像一片「蔽天的紅雲」——大家是這樣感覺的——向他逼近。她不時從他桌邊走過，故意放大她的動作。他呢，他則露出細密專注的神情；她立即看到一個跟平時不同的他：臉上沒有慣見的誠懇笑容。那表示，他知道她在做什麼；那表示，她自信是她在主控一切——而這自信是可疑的。

所以，下一次她就直截了當地說：

「怪專心的嘛！」

一聽就知道那是什麼語氣。荊繼棠接受了挑戰；他放下手中的筆，坦然說：

「外面人家等著，得趕一趕！」

她側頭向後瞄了一眼，頭髮甩向一邊，露出細膩的頸項；半瞇著眼說：

「我怎麼沒看見人？」

他一怔，不知所措，——他原本精細的表情、清楚的臉部輪廓，忽地模糊了一下；這哪裡逃得過她的利眼，不必其他旁證；不必尋求解釋，這就足夠了。她氣勢大盛，一雙大眼越發烏溜溜水汪汪地四向滾動著。

因此，被這洶洶氣勢簇擁著，那天中午，她一腳跨進了會議室，從桌上一把撈起他的小本子，端在手上翻動著，夾在本子中的塑膠墊板跟著嘩啦作響：

「你都在寫些什麼呢，每天每天，每天每天的！」

完全沒有預備著的荊繼榮，怔了一怔，他的臉像給震碎了似的；但是直刺賀鴻紅的卻是他眼中一閃就滅的惋惜。不過，那只是荊繼榮吝嗇洩漏的一點，他馬上就重整了自己，泰然地說：

「胡亂塗鴉，胡亂塗鴉・・・」

他的泰然似乎給了她一個難題，一時她不知道該怎麼才好，只一個勁翻著本子；有一會，她停了下來，凝神仔細讀著，總讀了有好幾分鐘吧；接著，很詫異很急躁地，又翻起來，又讀起來；翻到無可再翻了，把小本子向會議桌一丟：

「原來是在寫作，我還當什麼呢，掖掖藏藏，神祕兮兮的！」

扭身向外走去，走了幾步突然站住，回過身，飛紅了臉，完全控制不住她的情緒，向還在思索著的荊繼榮衝口而出：

「寫好了能借我看看，好……好嗎？」

說著，像是一下子莫名其妙地脆弱起來；但是跟他一樣，她迅速定下了神。大眼明澈而果斷地深深向他眼裡看進去，然後匆匆轉身，三兩步走了出去。

她幾乎不知道自己做了什麼；事情就這樣不由自主地發生了，如此而已。

而荊繼榮很快就找回了他的方向感。自那日以後，他中午再也不進會客室了；也不在辦公室。有人看見他在鎮公所公園大樹下做柔軟操，一直到上班時間才快快樂樂地回來。

她嚴密地觀察著他，——特別把他的毫不在意看在眼裡。他照樣快快樂樂出去，快快樂樂回來。終於他的鎮定超越了她的忍耐；這天她用犀利的眼神絆住起身要出去的荊繼榮，全力豁了出去：「喂，你老人家又練字，又寫春聯，還打太極拳，像個老夫子嘛，我尊稱您一聲『荊公』，可好？」

荊繼榮睜大了眼，新鮮地望著向他挑釁的賀鴻紅，臉上布滿了他的招牌誠懇，笑著說：

「『公』不敢當，乾脆叫我『老』好了，『荊老』，挺好的！」

他邊說邊往外走。賀鴻紅霍地站起來跟著他出去。那天中午，大家看見他們倆一直待在那棵大樹下，直到上班。

荊繼榮近乎熱情地「擁抱」那個「老」字，對賀鴻紅是一個解不開的謎。從此，她每天中午跟著荊繼榮，他去哪裡，她也去哪裡。

但是似乎怎麼樣她也沒能解開他這個謎。荊繼榮的笑還是那麼誠懇。隨時隨地，他都準備好了，不只為她，是為任何人獻身幫忙。她沒能向那誠懇的裏層走近一步。其實，事後琢磨起來，大夥想的也沒錯，那不就是兩股力量在對挺著嗎？只是兩人都沒心思去尋根源，只管一個勁任性堅持著。

究竟發生了什麼事，沒人知道：她突然就不跟他一起進出了。不知打從哪天中午起，她就哪都不去，待在辦公室，像高懸的一盞燈，照著大家；又像天邊一朵被夕陽映得艷紅的孤雲，誰仰頭都能見著，卻跟誰都沒牽連。

難道就像蛤子說的：他們倆之間，果真連個氣泡兒都沒冒出來，就各走各的道了嗎？

然後，不多久，所裡就開始流傳著她那句名言；據說，她是執意要把她大開大闔之中講究細節；野性之中藏著溫柔的氣勢敞露到極處去，要不，她怎麼能這樣大辣辣宣示著：

「我賀鴻紅將來要嫁的人哪，第一，不能比我大十歲；第二，他不能跟我同行，第三…」

但是她大眼閃閃發光地射向每一個人的同時，在眼神的根源處，搖搖晃晃地，倒像是在徵詢別人的意見似的。

五

又不多久，荊繼棨就辭職離開了鎮公所。

蛤子把故事說到這節骨眼的時候，我有點不懂，問他：

「蛤子，你最懂荊四叔了，依你看，四叔好好的幹嘛辭職？」

出我意料之外，蛤子也有些茫然：

「我也說不上來。後來我問過他的，你知道，他這人很拗，從來不願意聊他自己的私事。我想呀，他只是一心要寫作吧。你看他搬到那旮旯去住，不就是圖個安靜？」

這當然是事實。至於他「拗」或「不拗」，我至今也還是解釋不明白。自從蛤子領著我跟他初次見面之後，我們又見了好幾次面；有一次我們還在他住處包餃子。這一次我印象格外深刻。

荊四叔在他的小廚房忙乎著煮好餃子，叫我們上桌先吃著；他消失了一會才出來，手裡把著一瓶啤酒。

「今兒難得，咱爺兒一起喝一杯！」

我還從沒喝過啤酒；不禁懷疑地看著他。

「沒事，沒事，就一杯吧！」

是在這時候，他在他招牌笑容的緊裡面，躍動著一絲詭譎的調皮，動搖了往日我對他的刻板印象：那好像不是蛤子嘴裡的「拗」。

蛤子才喝兩口酒，臉就刷地通紅起來。他學著荊四叔，一口餃子，一口大蒜，含含糊糊地說：

「四叔，我倒問你，你真的不想跟賀阿姨見上一面？」

荊四叔喝了口酒，手指頭點著蛤子：

「定遠，多吃兩個餃子吧，你不怕哪天你『杯杯』連飯都不給你吃？」

蛤子不理會荊四叔，執意說：

「我怕什麼！我有你和賀阿姨，只要你們倆在一起，我還怕什麼！」

荊四叔端起杯子一口喝乾，喝得急了，連連嗆著。他站起身走向走廊，掏出手帕擦了擦嘴，慢慢回到桌邊。

「人老了，喝口啤酒都嗆，」他慢慢坐下來：「我這就告訴你們，人老了會像個什麼樣子……」

他挾起一個餃子進嘴，邊嚼邊說：

「你們見過樹上掉下來的爛芒果吧？你剝掉又黑又皺的爛皮，擱嘴裡一抿，稀巴爛什麼都沒有，只有滿嘴的絲絲。老人就跟老芒果一樣。」

不知為什麼，他這個芒果的比喻，讓我想起那整個暑假裡百無聊賴的下午，陽光燦爛，無聲而寂寞；我獨自一個人走在石頭子兒路上，就會看見被人丟棄在路邊的芒果核，乾枯扁白，薄薄的一片。

我擎杯向荊四叔舉了舉：

「敬四叔！」

他順著我舉杯的方向，偏過頭看向後面的書櫥：

「敬四書？哦，是該敬！」

「不，我是說敬『荊』四叔！」

他朝我眨眨眼；於是我又看見了他淺淺的，誠懇的笑。——不過，這似乎也沒能解釋了什麼。

荊繼榮離開鎮公所那年的下半年，賀鴻紅便結婚了。她請了全體同仁參加婚禮。去吃喜酒的同仁，都覺得不可思議，因為她先生一點也不年輕；同樣不可思議的是，對於這一點，她非但不遮掩，還刻意要人知道似的。

據後來的傳聞，賀鴻紅一開頭的確是有心經營這段婚姻的，去過她家的同仁都這麼說。這些能去她家的人都是老周——賀鴻紅這樣叫她先生——的同行舊識，這麼說吧，是他的牌友。他們說，在賀鴻紅默默的包容下，老周最初是有點張狂的，他三天兩頭就約他們去他——賀鴻紅家——打麻將，真的是一家之主，洋洋自得的模樣。

有一天，正當他們玩得興高采烈的當口，賀鴻紅笑意盈盈地對著他們三人說：「你們也玩得夠了吧？」眼神獨獨漏掉了老周；後來他們說老周定然事先就得了賀鴻紅什麼警訊，怪只怪老周有點「懵」——他們說——沒能意會她精心細緻的暗示。女主人把話說得這麼白了，這牌是不能打了，不能在她家打了，易地而戰吧。

這天中午，剛過了午餐時間，賀鴻紅對著同仁——對著每一個人——宣告著：「以後管誰再叫老周打麻將，可別怨我賀鴻紅翻臉無情了！」

知情的只有那三人，其他的面面相覷，不知臉乍然脹得通紅的賀鴻紅在說什麼。她說完話就回坐到自己桌上，再也不出聲，慢慢地只見她淚流滿面。

真正的大爆發依舊是由那三個人作見證。據說，賀鴻紅不知怎麼打聽到了他們的陣地，她現身在他們面前，完全就是一個嚴厲的媽媽逮著了惹了禍的孩子。老周看見她出現的第一眼，就澈底明白一切都走到了盡頭了。賀鴻紅比生氣的媽媽不同的是，媽媽前面留著餘地，她則是瞬間就衝到了極限：她奮力一掀，牌桌轟然一聲傾倒，麻將牌嘩啦啦撒落一地。

結局不多久全鎮公所都知道了：賀鴻紅跟老周離了婚。她第二天就來上班，什麼事都沒發生的樣子。

蛤子帶我去鎮公所辦戶籍謄本那一次，是我第一次見她；而那已經是她離婚多年以後的事了。自那次之後，蛤子就經常跟我提起她；說到她，蛤子永遠不會忘記荊繼榮，——就在大樹下，石板上。

「我就不信，」他一定會這樣開頭：「我就不信荊四叔他看不透賀阿姨的心！」

他也一定會這樣結尾：

「不行，我一定得撮合他們！賀阿姨會聽我的，我一定能成！」

這話他不知道說了多少次，我的回答也沒變過：

「那你就去做呀，還等什麼，倆老都一把年紀了！」

蛤子眼睛直往前瞇瞇看著，一貫那陰陰的眼神，喃喃地說：

「會，我一定會！」

我覺得他光說不做是因為他怕：怕賀阿姨；特別怕荊四叔，——那是在被溺愛的放縱之外，另一種深藏在他心底的感情。

不過，他到底還是說了，以一種我認為頗慘烈的方式。

六

那年父親的職務大調整，調往別縣市，我們舉家都要遷過去；我為了上學，不能跟隨，父親安置我到城裡寄宿去；眼看就要揮別這小鎮幽居了，——當然包括生活一起多年的蛤子，留他獨自一人去面對他的苦難。而我自己呢，上學也不容易，我是數理的蠢材，可我那學校的數學老師又出了名的嚴格，數學一科我從來沒及格過，畢業都有問題，還談什麼升學呢，所以我有我的苦難。這兩件事：搬家和唸書，整得我焦頭爛額；往日跟蛤子席地而坐，縱談「天下」（我們幼稚可憐的「天下」）的閒情逸趣早就停了多時了。

但是，我知道母親無時無刻不在關注他，因為在一個真正母親的眼裡，總能看到孩子的可憐。我三天兩頭就會聽到母親說：

「蛤子這孩子可憐，中午連飯都沒吃，我給了他兩個包子……」

那天下午，我們一家正忙著打包行李。忽然從隔壁李家，爆出一聲震耳的吆喝：

「你『科』死，你『科』死！看見你的死樣子就有氣！」

是李老頭粗暴的湖南土腔。李老頭是個五十多快六十的壯漢，短腿粗臂。緊接著這一聲吆喝，是轟隆隆轟隆隆踐踏地板的暴響。

母親放下手裡東西：

「不好，走，去看看，是不是死李老頭又在打蛤子了！」拉著我直奔過去。但是我們還是晚了一步。蛤子已經被狠摔在廚房水泥地上，額門撞在灶角，裂開了一道口子，鮮血直冒。母親架住了李老頭把他往裡拉；我竄過去扶趴在地上的蛤子。

然而，我突然碰觸到蛤子暴射的眼光，陰陰地、狠毒地，飛越我的肩膀，緊追在李老頭身後；他撕裂著喉嚨叫喊著：

「你來，你再打，再打我就殺了你，殺了你！」

母親已經把李老頭拉進了屋；我去扶蛤子，他狠狠一甩我的手：

「不要管我，誰都不要管我！」

翻身跳了起來，向外就跑。我愣了一會，不知怎麼辦。母親跑出來問我：

「蛤子，蛤子怎麼樣了？他去哪了？」

我一震，清醒過來：

「我知道，我知道他去哪了！」

蛤子走得不見蹤影，我決然奔往荊四叔的住處。穿越阡陌，進到園子，老遠就看見了蛤子和荊四叔。荊四叔佝僂著腰，蛤子伏在他膝蓋上。荊四叔正在替蛤子清洗傷口。

我走近他們身邊，還沒開口，荊四叔向我搖搖頭：

「不用說，我知道。」

蛤子只是睜著眼凝望著荊四叔，淚珠子一串串，一串串滾下來，終於忍不住了，他像小孩子一樣大聲哭了起來。他一面哭，一面含糊說著話。我清清楚楚聽見了他說的每一個字。他重複地說了又說，說了又說：

「四叔……四叔……你一定……一定要跟賀阿姨在一起……我過來替你們燒飯，替你們做家事……我伺候你們……我伺候你們……」

那天晚上母親勸了李老頭夫婦大半宿。李老頭是中校退役；我父親是老少將，少將夫人的話，他表面上還是要聽的。他說他一定會去把蛤子找回來。

七

第二天我們一家就搬離了小鎮。我住進了城裡的寄宿地去面對我自己的災難。災難，可不是？那是接踵而來的許多挫折累積起來的「災難」。單是數學這一科的屈辱，就等於是對我人格尊嚴的滅殺。那些日子我把自己封閉了起來，斷絕了此前所有的關聯。

但是當一個人到達了年齡的某一個階段，不用學習，他都會對自己作高純度的檢驗。我算是到達了這個階段吧，於是回首看清了當年我是怎樣以我的幼稚愚弄了我自己；到頭來，我的數學從來就沒因而多得幾分；而原來可以使我那段日子豐富多彩的那幾個人，卻從我生命中消失了。

我的後悔沒有止境。且不說蛤子，他嘛，他本來就命途坎坷，但憑他得自天賦的深沉心機，我篤信他一定能走出他自己的路。我後悔的是，我怎能不把荊繼榮，荊四叔的手稿讀完呢？我那時如果謙虛一點，誠懇一點，至少讀完他一部作品，也許我現在就能弄清楚這件事：究竟荊四叔密密麻麻地寫，是只為了寫作而寫；還是他預見終將有人會讀他的書而寫呢？

至於賀阿姨，毫無理由地，她成為我心中一個永恆的傷痛。想到她，我就感到——不算是悲哀；感到——也不算是憐憫；總之，彷彿是一種令人怯於探底的酸楚。她以後怎樣了呢？這恐怕跟荊四叔的寫作一樣，是一樁我永遠也弄不清的事了。

二〇一八年八月二十七日　初稿
二〇一九年三月十九日　修訂

國家圖書館出版品預行編目

老闆的人馬 / 賴維仁著. -- 臺北市 : 致出版, 2020.07
面； 公分
ISBN 978-986-98863-9-0(平裝)

863.57 109008994

老闆的人馬

作　　者／賴維仁
出版策劃／致出版
製作銷售／秀威資訊科技股份有限公司
114 台北市內湖區瑞光路76巷69號2樓
電話：+886-2-2796-3638
傳真：+886-2-2796-1377
網路訂購／秀威書店：https://store.showwe.tw
博客來網路書店：http://www.books.com.tw
三民網路書店：http://www.m.sanmin.com.tw
金石堂網路書店：http://www.kingstone.com.tw
讀冊生活：http://www.taaze.tw

出版日期／2020年10月二版　　**定價**／360元

致 出 版　　向出版者致敬